© *Camino de Singra,* 2024
© El autor

Autor:
Rafa Saiz

ISBN: 978-84-10291-26-3
Depósito Legal: GR 644-2024

Imprime: Lozano Impresores S.L.
Distribuye: TORRES EDITORES
Tel.: 958 80 05 80 - Fax: 958 29 16 15
www.torreseditores.com
info@torreseditores.com

Camino de Singra

Un homenaje a Federico Centellas Casanovas y a todos los desaparecidos durante la Guerra Civil Española.

Rafa Saiz

A la mi familia, lo más importante de una vida.

Imma, siento haber provocado tus lágrimas, pero sé que en ellas fluyen amor y sentimientos.

Mar y Albert, ahora sois herederos de esta historia, y guardianes de los recuerdos en ella vertidos.

ÍNDICE

Primera parte:

Segunda parte:

CAMINO DE SINGRA

A los que tengáis este libro en las manos, os aclararé de entrada que no soy escritor, ni aspiro a serlo. El hecho de escribir estas páginas, que probablemente a ojos de un experto no deben de parecer más que basura literaria, solo obedece al deseo de dejar escrita la historia de Federico Centellas. Para hacerlo, me he convertido en un impostor, ya que este hombre, cuya vida protagoniza este relato, no fue ni siquiera familiar directo mío. Federico fue el abuelo de mi mujer y el bisabuelo de mis hijos.

Mi objetivo es que los hechos sobre los que se basa la narración no caigan en el olvido. Si en el futuro estas líneas llegan a algún lector nacido después del 2020, podré dar por cumplido mi propósito: que las próximas generaciones no olviden que, en otro tiempo y en nuestra tierra, vecinos, familias y amigos se enfrentaron a muerte absurdamente.

Fue a mi hija Mar a quien más cautivaron los hallazgos que realizamos acerca de los últimos años de vida de su bisabuelo, en una investigación en la que colaboró toda la familia y que la llevó a escribir, con un entusiasmo que para mí lo querría, su trabajo de investigación de Bachillerato.

Excusad, pues, a este impostor y permitid que durante unas cuantas páginas me ponga en la piel de mi hija para exponer esta torpe narración.

Primera Parte

EL RECUERDO

de la familia

Una mujer abre la puerta del cementerio. Sus gestos dan a entender que no es la primera vez que lo hace; conoce perfectamente el funcionamiento de la puerta y su cerradura. Lleva una bolsa en las manos. Entra y anda lentamente, pero con decisión, hacia el flanco izquierdo, justo hasta un pasillo que se encuentra resguardado de la lluvia por un porche sujetado por una fila de columnas.

Abre el cristal de uno de los nichos y lo limpia cuidadosamente. A continuación, sustituye las flores que hay dentro de un pequeño jarrón por otras nuevas que saca de la bolsa, de donde han salido también el trapo y el limpiacristales que ha usado para dar lustre al mármol y al cristal. Acaba la operación limpiando unos pequeños marcos de fotos que descansan tras el cristal. Después, los deposita allí donde estaban.

Guarda los enseres en la bolsa, da un paso atrás y se queda en silencio, mirando el resultado. No habla, pero seguro que, si escucháramos atentamente, podríamos adivinar que explica algo al cristal, al mármol…, a su interior.

Es evidente que los ocupantes del cementerio no pueden escuchar, pero explicarles cosas puede proporcionar paz interior a quien queda vivo, que continúa sintiendo la falta del ser querido que antes lo escuchaba en vida.

Estamos en el pueblo de Jorba, en la comarca barcelonesa de l'Anoia. Allí donde ella nació y vivió toda su infancia, hasta que la vida y el amor la llevaron a una villa próxima. Allí donde quiere que la devuelvan cuando su vida llegue al final del camino.

Viene de mucho tiempo atrás. Una vez muerto el abuelo Josep, la yaya Tereseta siempre decía que quería tener «el piso bien limpio y arreglado». Se refería a su nicho. Daba mucha importancia a que su último hogar tuviera un aspecto aseado y ordenado. No podía soportar aquellos nichos que siempre estaban dejados, sucios, o los que solo recibían un mantenimiento anual por Todos los Santos.

Su hija Conxita heredó esa fijación. Así, el lugar que ahora comparten sus despojos se mantiene limpio y pulido. De esto se encarga la tercera generación; esta mujer que periódicamente acude al cementerio es la nieta e hija de las ocupantes. Cumple así los deseos de madre y abuela, y periódicamente las pone al día de lo que va pasando en el reino de los vivos.

Uno de los pensamientos recurrentes en estas visitas es que todos deberíamos tener un lugar donde, una vez hayamos dejado este mundo, se nos pueda encontrar para que los que siguen en el mundo de los vivos puedan tener un recuerdo, dirigirnos unas palabras o hacer gestos tan simples como limpiar un cristal y dejar unas flores...

LA HISTORIA

que cautivó a Mar

Mientras el abuelo Josep estuvo entre nosotros, fue difícil escuchar relatos o anécdotas de los tiempos más duros que haya vivido una persona en nuestro país en la historia reciente. Nunca se hablaba de la Guerra Civil. Tan solo la yaya Conxita, en conversaciones de sobremesa, hacía a veces comentarios sobre algún recuerdo de cuando era pequeña, como el hecho de que, ya ganada la guerra por los franquistas, se resistía a hablar en castellano en la escuela… Bien, para ser más exactos, lo que ocurría es que no sabía, pues su cerebro funcionaba en catalán. Las palabras fluían, en su hablar alegre, siempre en su idioma y, cuando la obligaban a cambiar al castellano, no tardaba mucho en soltar catalanismos como «señorita, tengo *pixera*». Siempre recordaba riendo esa anécdota y tantas otras provocadas por la imposición de hablar un idioma que para ella resultaba ajeno.

El abuelo Josep se casó con Tereseta un tiempo después de acabar la guerra, y dado por muerto su primer marido, Federico. Para la familia fue el abuelo, el padre. Fue un buen hombre. Callado, cariñoso en justa medida, crió a Conxita, junto con Tereseta, como si fuera su padre. A pesar de que el detalle del apellido hacía entrever que no era su padre biológico, su actitud y su comportamiento hicieron que nadie se fijara en ese dato o no le diera importancia. Una viuda de la guerra que se había vuelto a casar, como tantas. De mayor, Conxita conoció a Valero y juntos formaron una familia a la que se incorporaron Josep e Imma. El abuelo Josep fue el suegro para uno y el abuelo para los otros dos.

Una vez que el abuelo Josep nos dejó, paulatinamente se fue hablando más de aquellos años de guerra y posguerra. Años de miedo, de hambre. Tereseta y su hermana Antonia tuvieron que apañárselas para sobrevivir juntas, solas, pues sus maridos habían sido llamados a filas, con una niña de un año cada una y con pocos —o ningún— recursos económicos para salir adelante.

Solas, con sus pequeñas, tuvieron que vivir el momento en el que los ocupantes de las fuerzas sublevadas las echaron de su casa. Sin contemplaciones, les quitaron lo poco que tenían y el techo donde vivían, armados con la dudosa autoridad que puede otorgar formar parte del ejército ganador de la guerra. Por otra parte, Agustí, el marido de Antonia, no se había incorporado a filas después de regresar herido. Un tiempo más tarde, los soldados se presentaron en la casa y le dijeron que pasara la última noche con la familia, ya que al día siguiente se lo llevarían. Así, las dos mujeres se quedaron sin sus maridos, con una hija cada una, y sin techo donde refugiarse.

Estas gotitas de historia que iban saliendo del recuerdo, de un recuerdo que más bien quería ser olvidado por siempre jamás, nos hicieron conocer con cuentagotas unos fragmentos —nunca llegaremos a imaginar ni una parte de toda la historia— de la vida de estas personas a quienes una absurda guerra marcó. Estas chispas solían coincidir con noticias en la televisión sobre guerras, en especial cuando sucedieron las dos guerras de Irak. La participación española hizo revivir recuerdos dolorosos... «Rogad para que no venga la guerra, no podéis imaginar lo que es».

Sobrevivir con una niña pequeña era una tarea muy difícil en la Cataluña de la época. Antonia, la hermana de Tereseta, recibió pronto la última comunicación que tendría referente a su marido. Agustí había muerto en el frente de Burgos, después de sufrir una infección en el hospital. Antonia, como muchas mujeres aquellos años, volvió a casarse y se las apañó para salir adelante.

Tereseta no lo tuvo tan fácil. Durante los primeros meses de la guerra, conoció los movimientos de Federico, hombre de paz como tantos otros, que fue forzado a acudir a un frente de guerra por unos ideales por los cuales no hubiera ni siquiera tirado una piedra a otro ser humano. Pero hubo un momento en el que las cartas dejaron de llegar.

Siempre explicaba que, en una de sus cartas, Federico le había pedido que le enviara una fotografía de la niña. No es difícil imaginar los pensamientos de aquel hombre, en un lugar extraño para él y en permanente alerta para sobrevivir. Una foto de su amada y su pequeña podía ser la más potente medicina para salir adelante. Tereseta había caminado hasta Igualada con la niña para hacerse la fotografía y enviársela. Quería creer que, efectivamente, le había llegado y que la llevaba encima como un tesoro.

A partir de finales de 1937, el silencio. Ya no llegaron más cartas ni noticias del frente. Nadie podía saber qué le había pasado. Ni se le había dado por muerto ni lo contrario. Simplemente, se había perdido su ubicación. ¡Qué fácil nos parece ahora, que localizamos por GPS, tenemos móviles, internet…! En aquellos años, que una persona desapareciera convertía su búsqueda en una misión prácticamente imposible.

No siendo oficialmente viuda, Tereseta no se podía casar de nuevo, a pesar de tener un pretendiente, un hombre que tenía una posición relativamente cómoda, ahorros y la voluntad de amar a su hija como si fuera también suya. Josep se las había apañado para no incorporarse a filas. Se había negado a participar en aquel fratricidio. Aprovechando un corral de cerdos que tenía en el patio trasero, consiguió esconderse de las tropas de un color y otro que aparecían de vez en cuando por el pueblo para arrastrar a todo hombre que fuera válido para disparar a un vecino o morir por una causa para él incomprensible.

Pasaba el tiempo… Viendo que no recibía más noticias de Federico y al no obtener respuesta por parte de ningún interlocutor —posiblemente no existía ninguno válido—, Tereseta decidió ir a Manresa para ver si en los cuarteles podían darle noticias. A pie hasta la capital del Bages. Dos días de ida y dos de vuelta, con alpargatas y durmiendo en un pajar, con el miedo en el cuerpo de encontrar indeseables.

Fue, más que un viaje, una inmerecida penitencia que no le aportó ninguna información nueva. Nadie lo había visto, nadie sabía darle ningún dato o razón y no constaba en ningún registro.

Pasados unos años, gracias al testimonio de dos hombres de Jorba que aseguraron haber presenciado la muerte de Federico en el frente —casi seguro que mintieron para ayudarla—, un viernes de madrugada pudo casarse en segundas nupcias con Josep e iniciar su nueva vida. No sería fácil, pero a partir de entonces ni ella ni la niña pasarían más hambre; la situación era la propia de la posguerra, pero al menos parecía que el pan y el techo no les volverían a faltar.

Esta es la historia que la familia conoció. El tiempo fue pasando y la familia fue cambiando. Nuevos miembros nacieron y pronto Tereseta tendría tres bisnietos, pero nos dejó cuando yo estaba en la panza de mi madre. No la pude conocer en vida, por poco, pero en casa de la yaya Conxita se recordaban anécdotas y facetas de su carácter. Casi podría afirmar que la conocía, a pesar de no haber coincidido en el tiempo con ella.

El tiempo avanza para todos. Primero fue el abuelo Valero el que nos dejó y unos años después la COVID nos arrebató a la yaya Conxita. Es una lástima que ella no llegara a ver todo lo que descubrimos después.

LA CHISPA

La búsqueda de Mar

Un día, en el telediario de TV3 se habló de una iniciativa relacionada con la memoria histórica. Un proyecto daba la oportunidad a familias con personas desaparecidas durante la guerra o los primeros años de la dictadura de incorporarse a una base de datos. Para este propósito, era necesario dar todas las referencias posibles de su familiar desaparecido, incluso aportar una muestra de ADN que se pudiera utilizar para comparar con restos que se fueran encontrando en diferentes lugares del país o con restos ya exhumados, pero no identificados todavía.

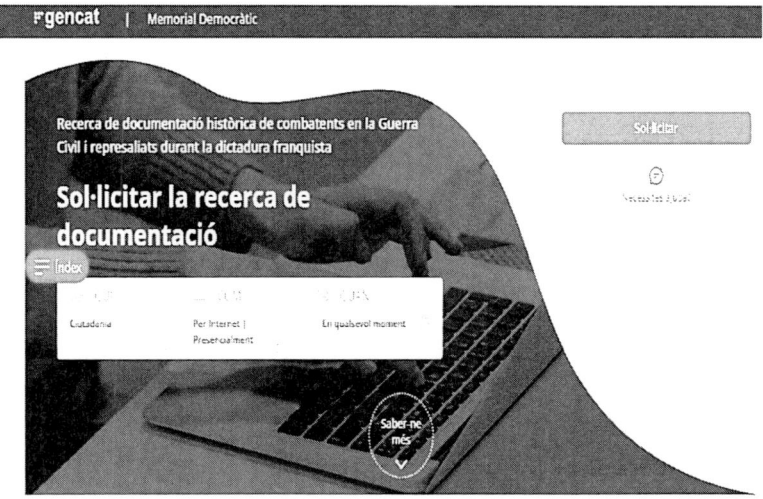

Así lo hicimos. Primero, solicitamos una copia de la partida de nacimiento del abuelo al ayuntamiento de

Copons, donde nos facilitaron mucho el proceso. Con los datos que ya teníamos, solicitamos su inclusión en el censo de personas desaparecidas. Posteriormente, en la unidad genética del hospital Vall de Hebrón tomaron ADN de mi madre. Con la respuesta de la Generalitat, descubrimos un nuevo dato: el último rastro del abuelo databa justo del día de su vigesimoctavo cumpleaños, el 25 de enero de 1938, en un pueblo que nunca habíamos oído nombrar, Singra.

Con esto tuve suficiente para decidir cuál sería el tema de mi trabajo de investigación de bachillerato, que titulé *Abuelo, ¿dónde estás?*

Toda la familia me ayudó con las investigaciones y, en un momento inesperado, mi padre hizo un hallazgo bajo el doble fondo de un antiguo mueble que se disponía a desmontar. Se trataba de un sobre con unas cuantas cartas y telegramas enviados desde los diferentes destinos a donde lo iban trasladando, que nos dio una información valiosísima: la reconstrucción de su ruta durante la guerra. Con estas informaciones, además de la colaboración desinteresada y entusiasta de algunos historiadores y escritores, las memorias publicadas de Florenci Ollé (un maestro de Vallbona con el que compartió brigada) y los testimonios de familiares que habían pasado por situaciones similares a la nuestra, construí el relato.

Federico Centellas Casanovas

Dades personals

Renom o motiu :
Data de naixement : 25-01-1910
Sexe : Home
Condició : Militar

Estat civil : Casat/da
Nom del pare :
Nom de la mare :

Lloc de naixement :

Municipi : Copons
Comarca / illa / parròquia : Anoia
Província : Barcelona
Estat : Espanya
Nucli / entitat menor : Copons
Comunitat / regió : Copons

Últim veïnatge :

Municipi : Jorba
Comarca / illa / parròquia : Anoia
Província : Barcelona
Estat : Espanya
Nucli / entitat menor : Jorba
Comunitat / regió : Jorba

Dades de la mort o desaparició

Circumstància : Desaparegut
Data : 25-01-1938
Àmbit : Acció de guerra
Front : Front d'Aragó
Nucli : Singra
Municipi : Singra
Comunitat : Aragón
Estat : Espanya

La información que nos aportaron desde la Generalitat.

SINGRA

Pisando el terreno.

Singra es un pequeño pueblo de unos ochenta habitantes en la actualidad, de la provincia de Teruel. Leyendo libros de historia, conocimos la sangrienta batalla que tuvo lugar entre el 24 y el 28 de enero de 1938 en su término, operación militar republicana que tenía como objetivo controlar las líneas de comunicación Zaragoza-Teruel, tanto ferroviarias como por carretera. A pesar de parecer una posición estratégica, los historiadores coinciden en calificarla como una maniobra de distracción para retrasar el inminente ataque a Madrid de las tropas fascistas.

Según varias crónicas, la batalla de Singra[1] fue una auténtica masacre de soldados, sobre todo republicanos, que emprendieron una misión que antes de empezar ya estaba destinada al fracaso. Atravesar una llanura de unos cuantos kilómetros sin ningún accidente geográfico que sirviera de escondrijo o refugio, bajo la intensa lluvia de fuego por tierra y por aire del ejército sublevado, era llevar a todos aquellos jóvenes a una muerte segura. Lo peor de todo es que los responsables de tal maniobra, casi seguro, eran conscientes del coste humano que comportaría. Aun así, enviaron a miles de jóvenes a una especie de matadero congelado; tales eran las gélidas temperaturas de aquel invierno.

Como las preguntas se nos amontonaban y no teníamos respuestas, decidimos ir a conocer en primera persona la zona donde se había librado la batalla. Así, un viernes de agosto, una vez acabada la Fiesta Mayor, mis padres y yo subimos muy temprano al coche y unas tres horas más tarde llegamos a Singra.

De entrada, el pueblo cumplió con las expectativas: pequeño, dentro de lo que ahora se denomina «La España Vaciada». Hacía mucho calor y, de entrada, lo único vivo que vimos fue un pastor que trasladaba su rebaño.

Si una cosa nos impresionó, fue el entorno: casi desértico, con una inmensa llanura donde solo se identificaban un par de cuadros cerrados con árboles truferos. El resto, matorral seco, hierbas aromáticas que requieren poca humedad. Solo un par de pequeñas montañas —vista su altura, quizás no merecían ni siquiera este nombre— y, al fondo de este inhóspito cuadro, Sierra Palomera[2], desde donde sabíamos que se había iniciado el ataque, que no parecía más alta que nuestra montaña de Miramar.

¿Cómo averiguar cosas? «¡Preguntemos!». La suerte nos trajo una sorpresa: la primera persona que encontramos, un hombre que guardaba un tractor dentro de un almacén, se entusiasmó con nuestra explicación y enseguida se ofreció a acompañarnos y enseñarnos todo lo que sabía de la batalla. Así fue como tuvimos la suerte de contar con el alcalde como guía de Singra, que nos llevó primero al cementerio, donde pudimos ver las fosas comunes que allí había, y después a las posiciones a batir en la batalla, en Los Cabezos.

Los Cabezos son dos pequeñas elevaciones del terreno, donde los rebeldes tenían dos puntos de defensa. Desde el Cabezo Bajo controlaban la inmensa llanura de cara a Sierra Palomera. Desde el Cabezo Alto, la zona de Torrelacárcel, la carretera nacional y la vía férrea. Pudimos imaginar las sensaciones que tendrían los soldados, pues en Los Cabezos se encuentran todavía unas trincheras, un refugio y dos nidos de ametralladora en bastante buen estado.

Nos llevamos de Singra muchos conocimientos, una idea muy clara de cómo había pasado sus últimos días el abuelo y la práctica certeza de que nunca se podrán encontrar sus restos. En aquella imponente llanura, centenares de soldados perdieron la vida, y seguro que recibieron sepultura, como buenamente se pudo, por parte de los supervivientes o de los vecinos de la zona.

Unas flores, depositadas por mi madre en la fosa común del cementerio de Singra, simbolizaron nuestro recuerdo hacia nuestro antepasado, quien, gracias a una irracional guerra, nunca volvió a su hogar.

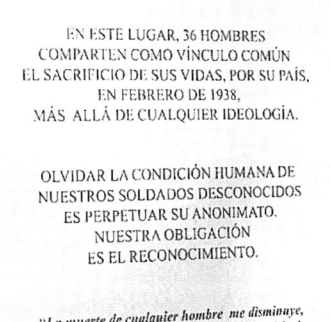

EN ESTE LUGAR, 36 HOMBRES
COMPARTEN COMO VÍNCULO COMÚN
EL SACRIFICIO DE SUS VIDAS, POR SU PAÍS,
EN FEBRERO DE 1938,
MÁS ALLÁ DE CUALQUIER IDEOLOGÍA.

OLVIDAR LA CONDICIÓN HUMANA DE
NUESTROS SOLDADOS DESCONOCIDOS
ES PERPETUAR SU ANONIMATO.
NUESTRA OBLIGACIÓN
ES EL RECONOCIMIENTO.

"La muerte de cualquier hombre me disminuye,
porque soy parte de la humanidad.
Por eso nunca preguntes
por quien doblan las campanas..."
John Donne, poeta inglés
1572-1631

No puedo terminar este resumen de la investigación sin incluir la carta que mi prima Clara escribió para la conclusión de mi trabajo. Dice así:

Si hace unos años me hubieran dicho que en este momento tendríamos toda esta información en las manos, no me lo hubiera creído.

Fui testigo durante once años de los relatos de mi bisabuela Tereseta. En este proyecto ella no es la protagonista, pero se merece más que nadie un homenaje y un sincero agradecimiento. Por luchar, sacar adelante una familia y buscar incansablemente el bienestar de su hija, sin dejar atrás la historia que la había marcado.

Con la yaya Conxita viví los veintiséis mejores años de mi vida. Y no hay día que no te recuerde, yaya.

Las dos descansaban en el sofá, juntas. Como habían estado toda la vida. Hablaban del abuelo. Nos enseñaban relatos y alguna foto, y comentaban lo que ellas sabían en aquel momento. Nadie era consciente de lo que hoy Mar ha conseguido. Durante muchos años, se ha hecho memoria histórica a través de relatos, anécdotas, fotos y pocas noticias, pero muchos recuerdos. Siempre con una sonrisa y con ganas de recordarlo, pero eso sí, con los ojos brillantes y tristes.

Estar leyendo este proyecto, vivirlo día a día, conocer novedades a medida que avanzan los meses y encontrar cartas reales mientras vaciamos la casa donde nos despedimos de ellas nos hace sentir a todos que rendimos el homenaje que ellas no pudieron. Y nos hace recordar lo valientes que fueron siempre. Sin ellas dos, esta investigación habría carecido de mucha información, pero sobre todo de mucha ilusión.

Conocer la historia real del abuelo, los caminos y los lugares por donde pasó y los compañeros que posiblemente tuvo, leer las palabras que se escribían nuestra bisabuela y él, imaginarnos la dureza y la crueldad con la que fueron separados...; hacernos una idea de esas escenas ha sido un regalo muy duro de digerir, pero un regalo que perdurará siempre escrito y guardado en nuestra memoria. Por fin, podemos abrir un camino, una historia.

Gracias, Mar.

Nos habría gustado mucho conocerte, abuelo. No te hemos encontrado, pero te recordamos.

Clara Roca, biznieta de Federico.

Hasta aquí, el extracto de la investigación de Mar Saiz.

Todo lo que narraré a partir de ahora es una ficción, una visión de lo que he imaginado que sucedió aquellos meses. He respetado escrupulosamente la cronología y el recorrido que, gracias a nuestra investigación, pudimos reconstruir. Sabemos que esta es la ruta que siguió Federico, inmerso dentro de lo que ahora nos puede parecer una aventura y que, en realidad, fue una desgracia, como lo fue para esta y tantas familias que quedaron desechas por la absurdidad de una guerra que enfrentó vecinos, amigos, familiares…, personas de paz.

Segunda Parte

COMO LO IMAGINÉ

El periplo de Federico

Empezaba 1937 en la pequeña población de Jorba. Las noticias llegaban, la mayor parte de las veces contradictorias, dependiendo del medio por el cual se recibía la información —una de las cosas que no ha cambiado en nuestros tiempos—, sobre el alzamiento militar de un tal general Franco y otros, afines a una causa que centraba sus ideales en el objetivo de abatir el gobierno de la Segunda República en España. Mientras tanto, la vida continuaba su curso, solo interrumpida de forma ocasional por alguna serie de militares que atravesaban el pueblo, vete a saber en qué dirección, o algún zumbido de aviones que sobrevolaban la zona sin provocar más daños que la obligación de soltar la azada por un momento y levantar la cabeza para ver aquellos ruidosos pájaros de hierro pasar de largo.

Y es que el trabajo del campo continuaba. Labrar, preparar los sembrados, cuidar el huerto o pacer el rebaño eran tareas que seguían ocupando a la población rural y hacían que la guerra pareciera un hecho ajeno. Interiormente, casi todo el mundo confiaba en que sería una situación temporal, pronto los sublevados se rendirían y todo volvería a la normalidad.

En el pueblo, a causa de la dificultad para desplazarse, incluso hasta la cercana ciudad de Igualada, las familias mantenían relaciones próximas con los vecinos y participaban en fiestas y celebraciones locales. Las festividades tradicionales y las actividades culturales eran una parte integral de la vida social. Al final, el pueblo se convertía en una comunidad. Nadie podía pensar entonces que, una vez avanzada la guerra, vecinos, amigos e incluso familiares traicionarían sin miramientos a quienes habían estado a su lado, movidos por la envidia o, aún más, por los intereses económicos.

Parejas como la de Federico y Tereseta, que, sin dejar atrás las inquietudes que la situación les provocaba, habían ampliado su familia con una pequeña, a la que pusieron de nombre Conxita. Entre ellos y la familia de la hermana de Tereseta, Antonia y su marido Agustí, se había creado un vínculo familiar. Las dos parejas vivían puerta con puerta, colaboraban en las tareas agrícolas y compartían huerto y también unas pequeñas colonias de animales, que incluían algún cerdo, gallinas y conejos, que les daban la capacidad de autosuficiencia. Incluso, con poco tiempo de diferencia, las dos hermanas quedaron embarazadas y nacieron las primas Conxita y Dolors, a las que los acontecimientos convirtieron prácticamente en hermanas.

Federico, albañil de profesión, era conocido por su habilidad para trabajar la piedra. En aquellos momentos, hacía unos meses que el ayuntamiento había encargado a su jefe hacer unas aceras nuevas en la carretera que atravesaba Jorba. Debido a que la carretera en cuestión era la que unía Barcelona y Madrid —que años más tarde se bautizó como Nacional II—, el paso de convoyes militares era cada vez más constante. Ver aquellos vehículos, muchos de los cuales eran camiones donde viajaban milicianos, hacía aumentar la intranquilidad. Empezaba a aflorar el pensamiento de que la idea que pretendían mantener de que todo aquello acabaría muy pronto no era muy acertada.

Eran tiempos difíciles, pero con la fuerza de la familia y el trabajo era posible salir adelante y ser felices. Los acontecimientos que no se podían controlar fueron los que hicieron tambalear esa felicidad. Unos golpes en la puerta, un mensajero del ejército. La visita más desagradable que podían tener, pero que temían que tarde o temprano acabaría llegando. A medida que la guerra se intensificaba, se movilizaban milicianos, a menudo reclutados por grupos políticos y sindicatos. Los milicianos no eran soldados regulares, sino civiles armados que se unían a unidades paramilitares. Supuestamente voluntarios, no se les daba opción.

Durante los primeros meses de la guerra, muchas personas se unieron voluntariamente a las filas republicanas. Grupos de trabajadores, sindicatos y partidos políticos de izquierda reclutaron voluntarios para luchar contra el levantamiento militar franquista. Más adelante, el reclutamiento se convirtió en un llamamiento obligatorio que paulatinamente iban recibiendo todos los afiliados a sindicatos, como el caso de Federico y Agustí, que estaban afiliados a la CNT. Un rumor, unas voces en la puerta que ya hacía tiempo que se esperaban. Agustí, algo mayor que Federico, ya las había escuchado en su puerta y se había despedido de ellos unos meses antes. Sabían, y temían, que era cuestión de tiempo que fueran a buscar a Federico. Mensajeros con uniforme llevaban las temidas citaciones, que llegaban a las casas y hacían caer el alma a los pies. Aquellas visitas significaban invariablemente la separación de la familia.

SECCIÓN DE RECLUTA EN CAJA - DEPENDENCIAS DE MANRESA

Ordenada por la superioridad la concentración a filas de los mozos del reemplazo de 1932, se le previene que a las 9 horas del día 15 de abril de 1937 deberá efectuar su presentación en la Caja de Recluta núm. 23, sita en el paseo de la República (dependencias militares, Casino de Manresa), habiendo sido destinado al Arma de Infantería, advirtiéndole que de no comparecer será declarado desertor.

Firma el secretario.

Incluso teniendo la premonición, la llegada de la misiva fue un jarro de agua fría. Los inevitables llantos inundaron los ojos de aquella familia, feliz hasta entonces. Una vez digerido el primer impacto, dedicaron los siguientes días a preparar el equipaje que tendría que llevar a su no deseado viaje. Un gran pañuelo fardero sería donde llevaría su conjunto de pertrechos. No tenía ninguna maleta. Había visto que algunos soldados de aquellos camiones que pasaban llevaban una, pero sus pertenencias eran exiguas y, como imaginaban que en el cuartel le darían su correspondiente uniforme, pensaron en aligerar el fardo incorporando solo las prendas de ropa indispensables, algunos objetos personales, un poco de tabaco y poca cosa más. Unas correas y unas puntadas de hilo grueso dieron como resultado una especie de mochila, que, en verdad, era bastante práctica para transportarla a la espalda y dejaba libres las dos manos.

Los pocos días de margen que quedaban entre la recepción de la convocatoria y el día de presentarse fueron extraños. Era una sensación como de conocer la fecha de tu muerte, pero a la vez compartir la esperanza de un reencuentro próximo. Federico acordó con su jefe que, en cuanto cobrara el trabajo de la carretera, le pagaría el sueldo a su mujer. Tereseta quedaba como ama y señora, y a cargo suyo, la pequeña, que no entendía de guerras ni pobreza y exigía su ración de papilla cuando su barriguita se lo pedía. Los ratos de desconsuelo y lágrimas se alternaban con las risas, los juegos con la niña y los besos que querían dejar grabados en sus cerebros para que, a pesar de la distancia, se pudieran sentir cerca.

Llegó el día 15. De madrugada, últimos besos, últimas lágrimas, y a pie hasta Igualada. Allí les esperaba un camión —primera sorpresa, ¡era civil!— que los llevaría

45

hasta Manresa. Fueron una docena de hombres los que emprendieron camino hacia la comarca del Bages dentro de aquel improvisado autobús.

Al principio, saludos secos y miradas de desconfianza; el ambiente se podía cortar. Pero, en poco rato, con el traqueteo de aquella carraca y la ayuda de unos pitillos que empezaron a humear, se iniciaron las conversaciones. Eran hombres de la comarca, casi todos de la misma ciudad de Igualada, excepto tres: un joven grandote y colorado como un pimiento morrón que vivía en una masía de l'Espelt; Federico, que venía de Jorba, y también la persona que menos encajaba dentro de aquella amalgama, un joven impecablemente vestido, delgado y que cuando hablaba se notaba que era diferente a los demás. Su verbo era pulido, no se desbravaba como los otros con ordinarieces ni tampoco escupía hacia afuera del camión. A Federico le cautivó su forma de hablar, que era educada y correcta. No estaba acostumbrado a tratar con ese tipo de individuos. Se trataba de Florenci[3], un maestro del pueblo de Vallbona —maestro, así quedaba explicada su apariencia y su educación—. Ambos acabaron el viaje compartiendo fotos de sus respectivas mujeres. No había tenido tiempo de obtener una foto de su niña, pero seguro que, en cuanto pudiera enviar una carta a casa, le pediría una a Tereseta. Aquel corto viaje hasta Manresa construyó una relación de amistad entre aquellos dos hombres que duraría todo el tiempo de hostilidades que compartieron.

Tras llegar a la ciudad, su percepción de la guerra fue cambiando. Tal como supieron más tarde, del Comité Revolucionario de Manresa, que tenía la sede en el edificio del Casino reconvertido en cuartel, salieron las órdenes de demoler unas cuantas iglesias. Con el ayuntamiento sin poder de actuación, algunas entidades de la ciudad intentaron diferentes movimientos sociales para salvar los templos de la ciudad. La realidad fue que, fruto del pánico del momento, prácticamente nadie colaboró en la causa por temor a las represalias. Así, se derribaron iglesias como la del Carme o el antiguo hospital de Santa Llúcia, entre otros. En total, siete edificios religiosos muy emblemáticos de la ciudad. La visión de esos escombros al paso del camión —ellos desconocían que no eran fruto de bombardeos— les hizo entrar en una realidad mucho más dura que la que vivían hasta aquel momento.

Solo la Seu continuaba de pie, desafiando al horizonte con su silueta recortada sobre aquel decorado sembrado de escombros. La realidad que también ignoraban nuestros hombres era que los milicianos de Barcelona que pasaban por Manresa con destino a los frentes de Aragón presionaban a los sindicalistas de la ciudad para que también hundieran la Seu. Como eso eran palabras mayores, encargaron a dos arquitectos de la ciudad que dirigieran la obra.

Josep Gudiol y Pere Armengou planificaron las obras de demolición con tal miramiento que estratégicamente fueron retrasando los trabajos y, por tanto, su destrucción hasta que el conflicto ya adquirió unas dimensiones que impidieron continuar la tarea, que prácticamente no había ni empezado. La falta de salarios para los operarios y la necesidad de lugares para alojar a los refugiados acabaron salvando la Seu.

Silencio total dentro del camión. Solo el insistente traquetear del maltratado motor resonaba entre las paredes de las calles, mientras se dirigía al cuartel. Las miradas de los hombres se entrecruzaban después de pasar delante de cada uno de aquellos escombros. Más que miedo, era impresión. Ellos venían de una zona donde no se habían vivido hechos similares y resultaba sobrecogedor. Florenci dio un codazo a Federico, señalando con él hacia Xano, aquel tipo de l'Espelt que parecía un armario. Una lágrima se deslizaba por su mejilla, mientras tenía la mirada perdida. Un pitillo que llegó de la mano de Florenci le hizo volver a la realidad. Sacudió la cabeza, una fuerte calada lo rehízo y el rojo intenso volvió a su rostro.

Finalmente, el camión se paró. Era una avenida arbolada, con casas de aspecto señorial a los dos costados. No les costó identificar cuál era su destino. Un imponente edificio, moderno para la época, con una prolongada arcada y profusa ornamentación, con muchas, quizás excesivas notas que dejaban adivinar su uso: pancartas, banderas, carteles; toda una retahíla desordenada de símbolos sindicalistas y republicanos que ensuciaban con insolencia la belleza de la construcción.

Sorprendentemente, no pasaron más que unos minutos dentro del edificio. Unos escribientes situados en el interior de una sala de la planta baja interpretaban el papel de recepcionistas. Su tarea consistía en identificar uno por uno a los recién llegados, anotar datos en unos enormes libros de registro y librar a cada uno de ellos una pequeña libreta dentro de una funda.

Cartilla Militar de Tropa, Cartilla Militar núm. 224556, Caja de Recluta de Manresa, corresponde a Federico Centellas Casanovas, alistado para el reemplazo de 1932. Esta cartilla constituye un documento de identidad personal con todo su valor y fuerza legal necesaria para acreditar la personalidad de su poseedor.

Una ojeada rápida a su interior les permitió constatar que se había anotado su procedencia, la fecha de incorporación a filas y algún dato adicional: si sabían leer, su altura y sus rasgos físicos, como la forma de la nariz y las cejas o el color de los ojos y el cabello. También anotaban si tenían algún defecto físico.

Con aquel documento y un equipamiento compuesto por una mochila, una manta, un plato de lata, una cuchara y una cantimplora, los dirigieron sin más indicaciones hacia el CRIM. Puesto que nadie osaba a preguntar, al salir del edificio se formaban corros para ver si alguien sabía realmente dónde tenían que ir y qué era aquello del CRIM. Niños de la ciudad, de los que ya bordeaban la edad de afeitarse, intercambiaban con los milicianos información por pitillos.

El Centro de Reclutamiento, Instrucción y Movilización —el puñetero CRIM— era donde se capacitaría a aquel puñado de campesinos con la instrucción militar elemental antes de incorporarse al Ejército Popular y tener un destino.

Antes de ponerse en marcha, imitaron a la mayoría de los jóvenes, que introducían sus pertenencias en la nueva mochila que les habían dado y, en grupos de cinco o seis, echaban a andar en dirección a Cal Miralda o la Fàbrica dels Panyos, según quien lo nombraba. En principio, no podía haber pérdida; la encontrarían junto al río Cardener. «¡Tirad siempre hacia abajo!» era la consigna que les daban los chavales manresanos apurando los pitillos conseguidos a cambio de las indicaciones.

Una vez estuvo todo a punto, dejaron aquella avenida. Una placa de piedra clavada en una fachada, cerca de una esquina, les dio el dato de su nombre: paseo de Pedro III el Ceremonioso. ¡Para ceremonia la que acababan de hacer! Ya se sentían muy angustiados y aún no habían llegado a su primer destino. Aquellos hombres estaban sufriendo la personalidad que les había inculcado su procedencia rural.

La Fàbrica dels Panyos[4] era una imponente nave que alguien podría haber dejado aparcada junto al río. Alargada, inmensa, su fachada les saludaba solemnemente con sus tres altísimas plantas. Las dos plantas superiores, plagadas de una sucesión de ventanas muy bien alineadas, recordaba un inmenso vagón de tren con diferentes niveles. Los hombres iban llegando y se les asignaba una zona de descanso dentro de la fábrica. Toneladas de enseres, bidones y otros elementos industriales habían sido expulsados de su hábitat y depositados en el gran patio que había delante. Aun así, dentro de las naves seguían estando las máquinas más grandes (hiladoras, cardas, telares...), que no tenían un desmontaje fácil. Entre las cardas, unas máquinas destinadas a estirar y peinar la lana, eligieron el espacio que durante su estancia sería su dormitorio. No estaba mal; en aquella zona se conservaban grandes cantidades de lana, que les fue de maravilla para improvisar unas camas. Junto a la entrada de la nave, donde un cartel indicaba «Sala de Preparación», los tres hombres, Federico, Xano y Florenci, montaron su zona de descanso. Parecía que aquella sería su única ocupación aquel día; a su llegada ya les habían indicado que a la mañana siguiente empezaría su instrucción. Ni se percataron de la desbandada que hubo a su alrededor, ni de que eran los únicos que se quedaban para compartir pan, un trozo de longaniza y la bota de vino, su primera comida desde que habían salido de casa aquella mañana. El resto habían ido a cenar, pero nadie les había avisado. Tampoco les habían dado referencia alguna de horarios ni lugar. Al caer el sol, durmieron como niños.

Buenos días por la mañana y allí donde vayas, haz lo que veas. Por lo tanto, empezaron incorporándose a una larga fila de compañeros, que habían convertido la ribera del río en un cuarto de baño improvisado. Unos se lavaban las caras, otros se afeitaban y un par se bañaban, pese a la temperatura del agua que corría. Unos metros aguas abajo —¡todo un detalle!— habían instaurado la zona donde se hacían otras aguas, mayores o menores. Al desplazarse hacia allí para colaborar en la contaminante tarea, vieron cómo un cartel delimitaba perfectamente el uso de aquel tramo de ribera del río Cardener: «LETRINAS».

A todos los noveles les sorprendía, al llegar a aquella sección, la imponente rueda que aprovechaba la fuerza del agua para hacer girar algo dentro de la fábrica. Después supieron que, a falta de máquinas a las que dar fuerza, aquella rueda hacía rotar dos inmensas dinamos que conseguían que aquel edificio tuviera luz eléctrica las veinticuatro horas del día sin estar conectado a la red.

Como continuaban —novatos— muy perdidos, siguieron las huellas de los que aparentemente sabían de qué iba todo aquello y fueron a parar a una gran sala en el sótano de la nave grande, donde se habían dispuesto unas filas enormes de mesas y bancos. Mira por dónde, aquel desayuno sería su primera comida como soldados. Lo que ignoraban era que durante mucho tiempo añorarían poder comer como allí. Porque en el CRIM no se comía mal. Aquel primer desayuno consistió en un trozo de pan y un líquido parecido a la leche, pero mucho más aguado. Una comida deliciosa. El resto de los días, su dieta consistió, sin excepción, en un rancho con mucha patata y poca carne, pero que aun así resultaba muy gustoso…, al menos los primeros días, hasta que el paladar se hastiaba de comer lo mismo, día tras día, para la comida y para la cena.

Pasaron su primera mañana recibiendo formación. Primero, un hombre gordo embutido dentro de un uniforme, que aparentaba no recibir la misma alimentación que ellos —su rancho debía contener la carne que a ellos no les tocaba—, los instruyó sobre un montón de conceptos: cadenas de mando, conductas, respeto a los superiores… Toda una serie de temas que sonaban muy grandilocuentes y no parecían muy afines a los pensamientos republicanos o sindicalistas. En fin, aguantaron aquel primer día de formación, que vino seguido de quince días más, durante los que se les instruyó sobre armamento, estrategias, órdenes, comportamiento y otros temas que debía conocer un buen soldado.

La realidad es que tuvieron una arrancada de caballo y una parada de burro. Con el tiempo, las formaciones fueron más espaciadas; los instructores aparecían y se desvanecían sin previo aviso y pasaron muchos ratos con Florenci. Su compañero maestro puso toda su voluntad para ayudarlos a mejorar su capacidad de lectura y escritura, que era exigua, tal como quedó patente al empezar a intercambiar correspondencia con las respectivas familias.

Pronto vieron cómo los mandos destinaban a Florenci a otras tareas —ellos las llamaban trabajos de escribiente— y el pequeño grupo quedaba separado por sus diferentes funciones. Aun así, se encontraban a la hora del rancho y por la noche, en su improvisada habitación dentro de la antigua fábrica.

Dos semanas pasaron viviendo aquella tediosa rutina. Se hicieron muy largas, mucho tiempo libre. Cada vez más, tenían la certeza de que todo se iba improvisando sobre la marcha y de que los mandos no eran más que actores *amateurs* de una compañía teatral que habían asumido una obra que sin duda les venía grande.

—123.ª Brigada Mixta[5]. Os lo grabáis con fuego en vuestros cerebros. A partir de ahora, formaréis parte de esta unidad de combate y lucharéis para salvar la república española de los fascistas...

Miradas de reojo, caras de solemnidad. Por fin, parecía que se ponían en marcha. Pero este dato no les aportó nada más que cuatro días más de tedio en Manresa. Florenci les había explicado que lo habían destinado a su unidad como informador, trabajo que tenía una serie de atribuciones indescifrables para los otros, pero que teóricamente le evitarían entrar directamente en combate. También que ellos dos estaban inscritos en el «estadillo de tropa» como soldados rasos. En principio, sus caminos continuarían paralelos, pero Florenci tendría una posición más cómoda que Federico y Xano por su formación cultural.

Durante aquellos cuatro últimos días en Manresa, pudieron escribir un par de cartas a las respectivas familias, cartas en las cuales intentaban esconder sus inquietudes con el objetivo de tranquilizar a los de casa sobre su situación; incluso se permitían hacer alguna bromita. Afortunadamente, Federico se defendía bastante bien con el lápiz. A Xano le ayudaba y le instruía, como buen profesor, Florenci. Todos recibieron también un paquetito proveniente de sus hogares con algunos objetos de necesidad. El paquete de Federico llegó visiblemente manipulado. Había sido abierto, evidentemente, para robarle el tabaco que en él viajaba.

El tabaco tomaba protagonismo como una herramienta imprescindible para la guerra, puesto que los pitillos ayudaban a los soldados a pasar las larguísimas horas de tedio. Los dos hombres de Jorba y l'Espelt también recibieron, por parte de su instruido amigo de Vallbona, información sobre sus unidades, a qué batallón pertenecían y quiénes serían inicialmente sus mandos más directos. Teóricamente, ya les habían explicado todo eso, pero eran demasiados conocimientos de una vez. También se percataron de que, a pesar de estar prácticamente a punto de salir hacia su primer destino, todavía no tenían uniforme ni arma propia y la formación sobre armas que habían recibido era muy teórica, con mucho ornamento. Ajustándose a la realidad, habrían disparado como mucho diez o doce disparos cada uno.

Finalmente, un lunes de finales de abril subieron a un tren que puntualmente empezó a resoplar hacia un destino que ignoraban. Ni siquiera Florenci les pudo dar razón del final del viaje. Según les dijo, los mandos lo guardaban en secreto. Esto explicó a sus compañeros. La realidad era que, una vez más, la improvisación marcaba los movimientos de todos aquellos hombres.

El día anterior les habían hecho pasar por unos despachos, donde se les había confiado su armamento: un fusil y una caja de balas por cabeza, con órdenes de que, en caso de enfrentamiento, ahorraran la munición y no dispararan si no tenían el blanco seguro. Teóricamente, aquella cajita de balas tenía que ser repuesta diariamente, según la actividad, pero en aquel momento no se podían llegar a imaginar hasta qué punto la tendrían que alargar. Prácticamente habían renunciado a la esperanza de tener un uniforme, pero a última hora les repartieron una cazadora de serraje y unos pantalones, además de un curioso sombrero casi cilíndrico. Increíblemente, todo aquello era de la talla correspondiente. Al menos, ¡los datos de la cartilla servían para algo!

Aparte, se les entregó un cinturón con tirantes de cuero, preparado para llevar el equipamiento y la munición. Aquellos atuendos acababan de llegar y ellos serían los primeros en salir hacia el frente con unas vestimentas diferentes de las que los milicianos llevaban hasta entonces. ¡Eran soldados de verdad! Solo el calzado era el mismo que traían puesto de casa, pero como hacía días que los acompañaba el buen tiempo, nadie echó de menos más abrigo. Incluso se miraban entre ellos y bromeaban, sintiéndose casi orgullosos de su aspecto marcial.

Aquel viaje en tren acabó antes de lo que imaginaban. Después de un par de horas, alcanzaban las vías de la estación. «BARCELONA-TÉRMINO» indicaban los carteles de los andenes. Estaban en la capital. Toda una aventura para Federico, que nunca había pisado una gran ciudad. Sin embargo, fue visto y no visto. En medio de un enorme desmadre de soldados, fueron recibiendo órdenes contrarias —ahora hacia aquí, ahora hacia allí— y acabaron montándose en unos camiones que iban llegando a la calle. Abrían las puertas traseras y los hacían subir en grupos de veinte. En medio del ajetreo, se les acercó Florenci y, casi sin aliento, se despidió de ellos.

Según les explicó, un mando, un tal Artís[6], había pedido que lo acompañara en tareas organizativas. El pequeño grupo perdía uno de sus miembros fundadores. Con la puerta de atrás del camión abierta y la lona medio remangada por todas partes, puesto que hacía muy buena temperatura, el camión inició camino hacia un destino que todos sus ocupantes ignoraban.

Lo que también ignoraban es que escapaban de un buen follón que se estaba organizando en Barcelona. Al poco de haber abandonado la ciudad, tuvieron lugar las llamadas Jornadas de Mayo[7]. La desorganización del ejército republicano tomaba forma en el ámbito político, con enfrentamientos internos entre anarquistas, por un lado, y el Gobierno y la Generalitat, que veían de diferente manera cuál era el objetivo. Para unos, la revolución, para los otros, la defensa de la República. Pero a los ocupantes de aquellos camiones les importaba muy poco lo que pasara o dejara de pasar en Barcelona... Ellos ya no estaban allí.

Cuando el camión enfiló el puerto del Bruc, tuvieron claro que estaban desandando el camino. Pasarían prácticamente por casa.

Efectivamente, la comitiva, ya formada por unos ocho o nueve camiones, pasó justo por donde Federico trabajaba unas semanas atrás, en la carretera de Jorba.

Hizo la travesía del término sacando la cabeza entre las maderas del camión, con la esperanza de poder ver a su estimada familia. No pudo ser. No se atisbaba un alma en la carretera. Se volvió a sentar, helado. La sensación de un pueblo vacío le congeló la sangre. No se rehízo hasta que hicieron la primera parada de avituallamiento en La Panadella, donde almorzaron los hombres y los vehículos, todos sedientos.

No era real la impresión que había recibido de su pueblo. La combinación de la hora de paso del convoy, las expectativas que había creado en su imaginación y el hecho de que los vecinos frecuentaran la carretera lo menos posible hicieron que se llevara aquella decepcionante imagen. La realidad era que todo seguía igual que cuando había partido.

El viaje se hizo largo, larguísimo. Se hizo oscuro, a pesar de que los días alargaban bastante y los hombres se iban cambiando de lugar dentro de los camiones, intentando amoldar los doloridos hombros, cambiando de banco, a derechas e izquierdas, en el suelo y a ratos detrás, con los pies colgando por la zaga del vehículo. Era muy entrada la noche cuando llegaron a Barbastro. Al darse cuenta de que aquel era su destino, Federico recordó la noticia que tiempo atrás le había explicado el cura sobre la matanza de religiosos que el verano anterior se había producido en aquel lugar: un número importante de claretianos y benedictinos habían sido ejecutados por miembros de la CNT. Como persona de paz que era, no entendió qué motivos políticos podían llevar a quitar la vida a otros seres humanos, fueran monjes, religiosos o cualquier otra cosa, tanto daba… Por encima de todo, eran personas. Interiormente, deseó no recibir nunca las órdenes de tener que disparar a inocentes.

Su destino, el cuartel General Ricardos[8], los recibió con órdenes claras de distribuirse por las habitaciones libres en el más absoluto de los silencios. Aparte, la única orden que recibieron fue que debían estar en estado de revista en el patio del cuartel al día siguiente por la mañana, quince minutos después de la primera diana. Cumplieron las órdenes con disciplina militar —al fin y al cabo, se sentían soldados— y, después de dormir como troncos en unos aposentos con filas de literas, recibieron el nuevo día con el sobresalto de un toque de diana.

Una vez formados en el patio, apareció un individuo con aspecto marcial que se presentó como coronel Villalba y los arengó sobre un montón de tópicos sobre defensa de la República, bla, bla, bla… Solo pensaban en comer algo.

Desde el día anterior, en el momento de su parada en La Panadella, no se habían llevado a la boca nada sólido. Le costó aguantar la risa a Federico; mientras Villalba charlaba y charlaba, las tripas de sus compañeros emitían ruidos claramente audibles y sus propias tripas se añadieron al improvisado concierto. Por suerte, el espectáculo acabó y rompieron filas, teniendo como objetivo principal el pan y el chocolate que les darían a continuación.

En el pueblo de Barbastro pasaron casi dos meses. Acuartelados, esperando su movilización, que no llegaba nunca. Ojalá la situación se hubiera alargado más. Por mucho aburrimiento que sufrían, su vida no estaba mal, teniendo en cuenta la situación de guerra que se estaba viviendo. Estar en un cuartel con organización militar previa tenía ventajas: no se comía mal —pese a la repetición de menús día tras día— y les pagaban diez pesetas cada viernes, que invertían inmediatamente en tabaco y también en comidas más variadas y contundentes en algunas casas particulares que tenían controladas, las cuales les ofrecían por poco dinero platos que conformaban con producto propio, bien de sus huertos, bien de conejos o gallinas que tenían en casa. En aquel momento, todavía no habían empezado a sufrir saqueos y las existencias de piensos no se habían agotado. Gracias a esto los soldados invertían sus salarios en escabullirse del monótono rancho y comer algún conejo o huevos y beber vino casero. Además, el cuartel contaba con camas de verdad, situadas dentro de grandes cuadros con ringleras de literas a ambos lados.

Al saber que Federico era albañil, un día el sargento lo llamó y le propuso que se incorporara a la unidad de zapadores[9]. Según el sargento, esto le permitiría esquivar el choque directo con el enemigo. Aceptó inmediatamente. Las semanas siguientes las pasó, junto a otros de su oficio, recibiendo formación sobre la construcción de refugios, trazado de trincheras y otras técnicas de camuflaje. Se sentía importante y útil. Mientras aprendía las técnicas de construcción bélica, los mandos no paraban de decirle lo fundamental que sería su tarea.

Así pasaron el principio del verano. Enviaba una carta cada semana a Tereseta. Ella le contestaba regularmente con paquetes donde le ponía lo que podía recoger; sobre todo, que no faltara el tabaco. Le enviaba poca comida, puesto que él se preocupaba de decirle que les alimentaban muy bien. Se quería asegurar de que a su mujer y a su pequeña Conxita no les faltara el sustento por tener que enviarle comida a él.

Hasta finales de julio, conservaron este ritmo. Llegado ese momento, les comunicaron que en un par de días su unidad iría a relevar a los hombres que trabajaban hacía meses en la construcción de la línea del Cinca, cuya finalidad sería fortificar la retaguardia republicana en el frente de Aragón. ¡Por fin parecía que podrían aplicar sus conocimientos! Federico había recibido instrucción, especialmente, sobre la construcción de los nidos de ametralladoras tipo «Fraga». Pero el día antes de marchar llamaron al grupo a despachos y les detallaron la misión sobre un mapa, algo que ellos no sabían interpretar ni de cachondeo. El resumen era que su misión consistía en abrir un camino de cinco kilómetros que uniría las posiciones del ejército y el pueblo de Ballobar de Cinca, garantizando así la llegada de suministros a esas fortificaciones. «¡Mira por dónde, vengo de trabajar en una carretera para acabar trabajando en otra!», pensó Federico.

Al llegar a Ballobar, pasaron por la oficina de Correos. Los soldados tenían derecho al envío de telegramas de forma gratuita, siempre que fueran ellos mismos quienes los entregaran a Correos. Envió uno:

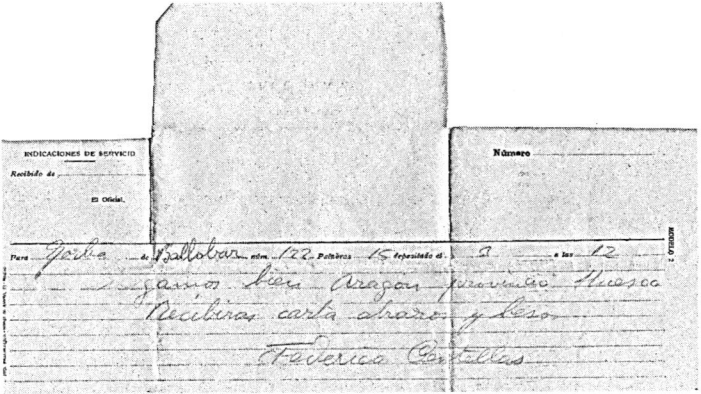

Llegamos bien. Aragón provincia Huesca. Recibirás carta.
Abrazos y besos.
Federico Centellas

Dedicó la tarde a escribir una carta a su mujer:

Le explicaba que estaba bien y que había coincidido con dos hombres del pueblo, Liceo e Isidro. También le decía que pronto marcharían hacia trincheras, desde donde no podría enviar ninguna carta durante un tiempo. Acabó pidiéndole que comentara la carta recibida con la familia de sus vecinos, puesto que no sabían qué misivas llegaban y cuáles no. Compartir noticias servía para tranquilizar a las familias que no habían recibido carta.

Al atardecer, al dirigirse al improvisado comedor —en Ballobar ocupaban el edificio del Centro Republicano, más local social que cuartel— un grito le provocó un escalofrío por la espalda.

—¡Federico!

La voz era familiar, muy familiar… La voz de Agustí, su cuñado, el hombre con quien jugaba a las cartas muchos anocheceres y a fútbol los domingos en Jorba, el hombre que era su vecino, el hombre que se había casado con Antonia, la hermana de Tereseta, el hombre con quien compartía el huerto donde cultivaban sus abastecimientos de verduras, el hombre… Aquel hombre no parecía Agustí. Al girarse, con los ojos brillantes de ilusión, se encontró con el fantasma de su cuñado.

—¡Dios mío! Pero ¿qué te ha pasado?

El hombre llevaba vendadas ambas manos. Otro trapo, que le envolvía la cabeza, rezumaba la mancha de una herida en la frente. También llevaba un brazo en cabestrillo. Aparte de los elementos médicos, el rostro era pálido y el peso no debía de ser ni de lejos similar al que tenía la última vez que lo había visto en su casa, en Jorba.

—¡Estos *malparíos* fascistas no podrán conmigo!

Abrazos, risas y lágrimas. Enseguida preguntó a Federico por Antonia y Dolors. Agustí también había dejado en Jorba una niña de poco más de un año. Federico puso toda la voluntad y también un poco de imaginación para restar importancia a las dificultades de la cotidianidad en Jorba, explicándole que desde que él se había marchado, todo iba bien, la vida continuaba y las niñas seguían creciendo. De hecho, él mismo no era del todo consciente de hasta qué punto la situación en la retaguardia se iba complicando más.

El cuñado de Federico había sido alcanzado por un puñado de metralla escapada de una bomba aérea. De todas formas, como era un hombre que siempre estaba de buen humor, quitaba hierro a la situación. A pesar de su aspecto demacrado, no dejaba de hacer bromas y uno al otro se pusieron al día de su periplo como soldados. Xano —mote que le habían puesto en su pueblo y que los compañeros de brigada también habían adoptado— se sumaba a las conversaciones de los cuñados como uno más. Xano era muy gregario; de hecho, se había convertido en la sombra de Federico y le seguía a todas partes. Era una persona que necesitaba un referente. Además, como no sabía leer ni escribir, usaba a Federico como guía ante indicaciones escritas y era el mismo Federico quien escribía sus cartas a la familia de l'Espelt. Aquellas cartas necesitarían también de un intérprete al llegar, puesto que ni sus padres ni sus dos hermanas sabían nada de letras.

Los tres pasaron un día de permiso en Ballobar, compartiendo historias, recuerdos e ilusiones. A primera hora, se escaparon hasta el lugar donde los ríos Alcanadre y Cinca se unen formando una pequeña balsa en un lateral, donde se bañaron, lavaron la ropa y la pusieron a secar al sol. Un buen hombre que practicaba con una caña les vendió tres truchas e hicieron fuego entre las piedras de la ribera del río.

Aquel día resultó un auténtico paréntesis en las rutinas cotidianas. Les costó volver al cuartel y afrontar de nuevo la realidad. Esa realidad tenía, no hay que decirlo, forma de órdenes: el día siguiente, por la mañana, Federico y Xano —Agustí todavía tenía carácter de baja y estaba exento de las tareas diarias— irían hacia un lugar denominado La Forza, a poca distancia del pueblo. Allí tendrían que trabajar en la construcción, que parecía estar bastante avanzada, de una fortificación para una sección de 105 mm, y en la obra correspondiente para alojar otra batería de 75 mm en Valdragas, también a pocos kilómetros del pueblo.

Auténtica vida de albañil era lo que les esperaba los siguientes días. Si no hubiera sido por el pobre descanso —dormían dentro de las trincheras porque se tenían que alternar para hacer guardia sin saber para qué, ya que por allí no apareció nunca nadie con pinta de fascista— y porque comían casi siempre de las latas que les subían los compañeros de intendencia sin cadencia fija, día sí y muchos días no, si no hubiera sido por esas incomodidades, era como trabajar en la obra.

Hacía calor, mucho calor, aunque afortunadamente contaban con la proximidad de unos campos de melones donde se proveían diariamente. Unos melones dulces y abundantes, que ayudaban a pasar la sed que sufrían bajo aquel sol de justicia. ¡Qué suerte tener aquellos melones! Como las provisiones llegaban de forma irregular y las raciones eran exiguas y monótonas, había días en los que no comían nada más que los dulces frutos de los melonares. Producto de esta insana dieta, más de un día acababan con fuertes diarreas, que durante algunas jornadas los dejaron literalmente fuera de combate.

También contaban con la proximidad de un par de riachuelos, que les permitían el lujo de lavarse cada día, ellos y su ropa, toda una suerte teniendo en cuenta cómo avanzaba de fuerte el verano. Finalmente, acabaron alcanzando su objetivo y hacia mediados del mes de agosto, bajo un sol de justicia, dieron la misión por finalizada y pudieron ser instaladas las baterías en sus respectivas ubicaciones.

Federico y Xano volvieron al pueblo, sabiendo que una vez acabada la misión les corresponderían unos días de descanso —el sargento lo había prometido—, pero al llegar al Centro Republicano se encontraron con dos sorpresas. Primero, otra brigada había llegado al destacamento, con destino a Bellver y Boltaña, pueblos donde parecía que las cosas estaban mucho más calientes, con enfrentamientos diarios con el enemigo para batir posiciones estratégicas en las montañas. Por este hecho, se hizo evidente que no había sitio para tanta gente dentro de aquel improvisado cuartel, y por eso se las tendrían que apañar para encontrar un lugar más o menos cómodo para descansar.

La otra sorpresa fue más agradable: su amigo Florenci, el maestro, había llegado con aquel destacamento y se pudieron abrazar y charlar un rato. Solo un rato, porque, al día siguiente, Florenci marcharía con su inseparable mando, el tal Artís, rodeando la Sierra de Guara, hacia el frente en la zona de Boltaña. Allí se instalarían en un observatorio desde donde dirigirían las operaciones de la 43 División del Ejército Popular de la República, que las estaba pasando canutas intentando conservar el control sobre una zona demasiado amplia. Pretendían controlar desde las proximidades de Jaca, en el oeste, hasta la zona de Benasque, al este, confiando en que la cara norte la resguardaban, de manera solidaria con la causa, las paredes naturales de los Pirineos.

El encuentro entre compañeros fue muy agradable y la conversación estuvo acompañada de una botella de coñac que Florenci sacó de no se sabe dónde. Él también se desahogó y les explicó que, a pesar de su aparentemente privilegiada situación, las presiones de los mandos, fruto de un nerviosismo constante, eran muy fuertes y tenía que hacer malabares para escabullirse de algunas broncas épicas, en las que se veía inmerso de manera involuntaria. Lo único que le salvaba era el aprecio que por él parecía sentir su comandante Artís, relación que hacía que los mandos intermedios fueran de puntillas a la hora de reprenderlo o hacerlo responsable de alguna cagada propia, práctica en la que se habían convertido en auténticos expertos. Según explicaba, Artís le había defendido más de una vez ante aquella pandilla de incompetentes en busca de subalternos a quien endosar las culpas de sus cagadas, y el mismo Artís le había ascendido a sargento hacía unos días.

—¡Compañeros, iremos a cenar a aquella casa donde ya nos dieron de comer los primeros días en el pueblo!

Para dormir, no vieron problema. El tiempo acompañaba y cualquier pajar, por poco resguardado que estuviese, serviría como alcoba. Antes buscaron en medio del hormigueo del cuartel a su cuñado Agustí. Preguntar se hacía difícil, aunque estaban en el mismo sitio que hacía pocas semanas, pero la saturación humana lo había transformado en un lugar desconocido. Había gente por todas partes, incluso algunos dormían en los pasillos. Después de un buen rato de investigación, finalmente lo encontraron. Su aspecto no era mejor del que tenía cuando se habían separado, pero ya llevaba el brazo libre y no dejaba que la sonrisa se borrara de su rostro.

En la casa donde confiaban que les darían de cenar, las cosas no parecían ir mucho mejor. Las nuevas órdenes en temas de alimentación eran claras: de todos los víveres, incluidos animales de cría y granjas, dos terceras partes tenían que ser entregadas al ejército. Esto comportaba varias consecuencias. Primero, los habitantes de las casas, generalmente mujeres, niños y ancianos, contaban cada día con menos provisiones para consumo propio. Segundo, solo los miembros de las unidades destinadas a los aprovisionamientos de la tropa comían muy bien y por el camino se iba perdiendo manduca. Evidentemente, el alimento que llegaba a los soldados ya empezaba a ser más bien escaso y de poca calidad.

Por otro lado, los habitantes de las casas y granjas aprendían rápidamente la lección y escondían, de forma sistemática, toda clase de víveres en los lugares más inverosímiles para garantizarse un mínimo de alimentación para la familia. Como esto se hacía evidente para algunos soldados sin muchos escrúpulos, grupos de hombres atizados por el hambre practicaban el pillaje precisamente contra aquellas personas a las cuales teóricamente defendían. Estos desagradables hechos, que habían dejado a algunas familias sin nada para llevarse a la boca, provocaban que entre los soldados y los aldeanos se estuviera tejiendo un gran velo de desconfianza.

Por pura simpatía, el hecho de que los conocían de antes, mucha insistencia y un cuarto de botella de coñac que les quedaba, consiguieron que les dieran de cenar. Unos huevos y un conejo para compartir. Al contrario que unas semanas antes, cuando habían pagado con sus asignaciones, comprendieron que el papel moneda cada vez servía para menos y que la economía que se estaba imponiendo en la vida de las villas era la del trueque. La guerra estaba, de una manera u otra, afectando a todo el mundo.

El día siguiente, por la mañana, después de una plácida noche en el pajar, al presentarse en el cuartel en búsqueda del pan con chocolate que esperaban desayunar, el sargento les dio la orden de coger sus cosas e ir tirando a pie hacia Osso de Cinca. Según él, el cuartel donde se encontraban en Ballobar tenía que recibir de un momento a otro a otras dos brigadas más, así que mejor ir haciendo sitio. El oficial reunió un grupo de la 123.ª y les dio instrucciones sobre cómo llegar a Osso, donde recibirían nuevas órdenes.

Un camino de unos ocho kilómetros, de los que ya conocían los dos primeros porque llevaban hasta el lugar donde se habían bañado en el río Alcanadre, los llevaría hasta su destino. Incomprensiblemente para ellos, su sargento no los acompañaría. No osaron protestar ni recordarle los días de descanso prometidos; a pesar de que no habían sentido todavía ni un disparo, el ambiente era tenso. La primera brigada que se debía dirigir hacia Boltaña ya subía a los camiones. Florenci y Artís ya habían partido dentro de su coche.

Un par de horas más tarde, llegaban sin contratiempos al pueblo. Osso de Cinca era pequeño, pero no tanto como esperaban. Un rápido cálculo visual hizo que Federico asimilara la población con la de Jorba, su origen. No se equivocaba por mucho, pues en número de habitantes eran bastante similares. Como habían tardado bastante menos de lo calculado, se encaminaron hacia la oficina de Correos, que estaba en los bajos del ayuntamiento. Allí aprovecharon para informar a las familias de su cambio de ubicación, en forma de breve telegrama:

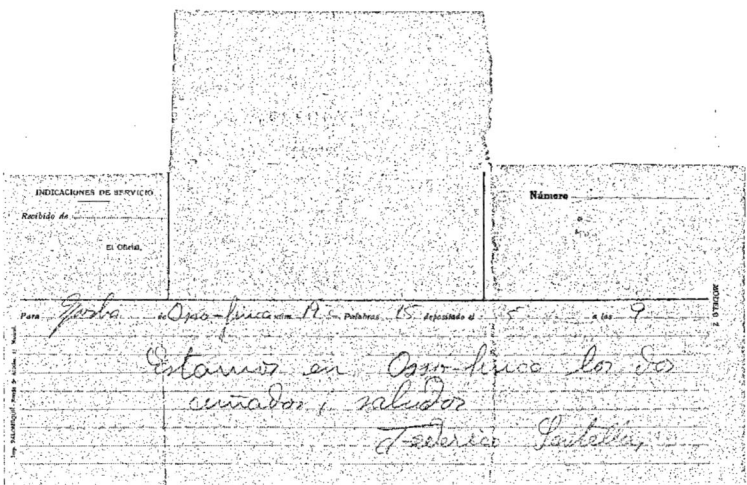

Estamos en Osso Cinca los dos cuñados. Saludos.

El recibimiento en el cuartel a los recién llegados fue decepcionante. Nadie parecía estar al tanto de su traslado y un par de sargentos a quienes preguntaron sobre dónde tenían que instalarse y cuál sería su nueva misión no hicieron más que refunfuñar y dar largas a sus demandas. Quedaba claro que la desorganización y la improvisación continuaban marcando todas las operaciones de aquel ejército de pacotilla. Finalmente, decidieron esperar nuevas órdenes yaciendo bajo un lateral porchado del patio, donde podían permanecer a la sombra mientras aquel puñado de payasos se decidía a tomar la iniciativa con ellos.

Con Federico habían andado hasta Osso doce hombres, todos ellos albañiles, hecho que los había llevado a creer que alguna otra obra les sería asignada. Nada de nada. Llegó la noche y continuaban bajo los arcos, ya convencidos de que tendrían que hacer noche allí mismo. Todos se miraban con incredulidad. ¡Daba la impresión de que molestaban! Federico bromeó diciendo que, por el mismo precio, mejor volver a casa, ya que al menos allí, al acabar el trabajo, te daban de cenar. No habían comido nada desde la mañana anterior, antes de salir de Ballobar. Poco se imaginaba Federico que la situación en Jorba tampoco era para echar cohetes. La ley de colectivización[10] que obligaba a los particulares a ceder buena parte de sus alimentos a los militares estaba también castigando la vida en la retaguardia. En las pocas comunicaciones postales que tenía la pareja, los dos obviaban comentar estos aspectos del día a día con la intención de no preocupar al otro.

Al despertar, se pudieron incorporar a la cola para el desayuno. Consiguieron calmar un poco el hambre con un trozo de pan duro como el mármol y el contenido de un cucharón, un líquido que pretendía ser chocolate caliente, pero que de tan rebajado parecía agua sucia. A continuación, unos gritos:

— «¡Los de la 123, al patio!».

¡Nuevas órdenes, por fin!

El resumen de las instrucciones fue, una vez más, breve: saldrían en poco rato hacia Marcén, una pequeña aldea más al norte, desde donde deberían apoyar a los diversos emplazamientos que pidieran su asistencia o ayuda, entre varios destacamentos que —parecía que esta vez iba de veras— luchaban en el frente de los Pirineos.

Los trece improvisados zapadores subieron a la caja de un camión e iniciaron el camino, flanqueados por una decena de vehículos más que llevaban intendencia varia y munición. Su camión iba el séptimo de la fila y no les resultó muy tranquilizador el hecho de que los dos vehículos que cerraban la comitiva, detrás del suyo, fueran dos destartaladas ambulancias.

Hacía poco rato que habían pasado la población de Selgua cuando se desviaron unos metros de la carretera. Unos minutos de camino y pararon motores. Las órdenes fueron bajar de los camiones y descargar rápidamente todo su contenido. Lo que vieron los impresionó. No habían contemplado nunca una construcción como aquella. Incontables refugios conectados entre ellos por trincheras, que comunicaban también con polvorines sepultados, pero de sólida construcción, que protegían sus entradas con grandes bloques de hormigón por si recibían ataques aéreos. En el transcurso de su ir y venir entre trincheras, cargados con cajas, encontraron lo que hasta entonces no se les había presentado: organización. Según les dijeron compañeros que se añadían a las tareas de descarga de material, en toda aquella trinchera había destacados unos setecientos soldados, y les llegaron voces de que, más adelante de donde ellos descargaban, se tenía acceso a varios nidos de ametralladoras, perfectamente protegidos y camuflados, desde un kilométrico conjunto de zanjas y refugios. Los hombres que se habían añadido a las tareas de descarga, igual que ellos, dejaban que Agustí acarreara los bultos que parecían más ligeros; aun así, resoplaba y tenía que parar a menudo. Ni mucho menos se había recuperado de sus heridas. Mientras tanto, los ocupantes de las ambulancias no tenían tiempo para aburrirse. Aparentemente, dos de los refugios actuaban como improvisadas salas de curas. De hecho, divisaron como sacaban de allí a algunos hombres malheridos. Federico espoleaba a sus compañeros: «¡Chicos, ahora sí que estamos en el frente!». Estaban en el corazón de la llamada línea del Cinca y la guerra todavía no les había mostrado su cara más desagradable.

¡Trabajo hecho, camiones descargados! Todo el convoy marchó por el mismo camino que había llegado, ocupado ahora por soldados heridos o enfermos. Las ambulancias también lo hicieron, con algunos heridos más graves. Junto a aquel entramado de trincheras solo quedó su camión.

Hora de comida para los trece zapadores que tenían que continuar dirección Marcén: lata de sardinas y pan seco. Por suerte, el agua no faltaba en aquel lugar. La tarde fue monótona y soporífera. Mecidos por el movimiento y los ronquidos del camión, solo les inquietó el paso por encima de sus cabezas de abundante aviación, que parecía ignorarlos. Cada vez que escuchaban los aparatos, empuñaban sus armas por si se trataba de aviones enemigos.

El conductor los tranquilizó: el aeródromo de Alas Rojas se ubicaba unos kilómetros más al sur, cerca de Sariñena, y se trataba de la base aérea más importante de la zona. Además, como la línea entre el aeródromo y la zona de enfrentamientos pasaba justo por encima de donde ellos circulaban, todavía los sobrevolarían durante unos kilómetros más.

Cuando dejaron la carretera, introduciéndose en un camino ancho hacia el oeste, los pájaros de hierro dejaron de zumbar sobre sus cabezas. También se les pasó la modorra. Durante más de veinte kilómetros, el camión no dejó de botar un momento y tenían dificultades para mantenerse sentados. Tal como habían hecho cada vez que llegaban a un nuevo destino, lo primero fue enviar un telegrama a casa, informando de su paradero:

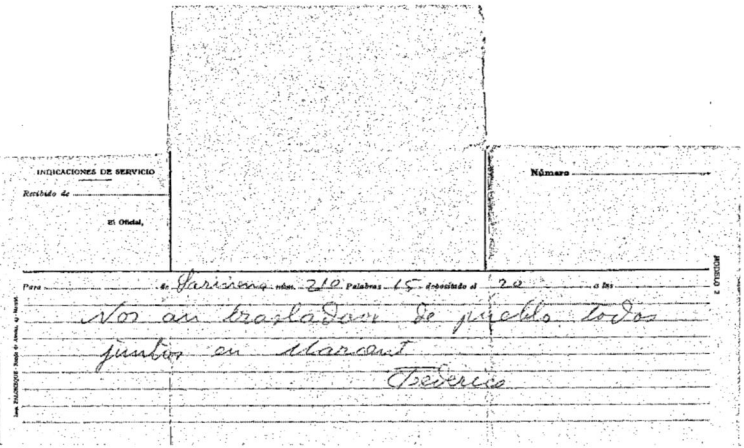

Nos an trasladan de pueblo. Todos juntos en Marcent. Federico

Una vez más, los desplazados eran ellos. El cuartel de Marcén consistía en una improvisada reconversión de usos que había sufrido la iglesia del pueblo. Bueno, llamar pueblo a aquellas cuatro casas, que pacían a los pies de la pequeña elevación sobre la cual se levantaba su nuevo hogar, era exagerar bastante. Desde la puerta de la iglesia, Federico y sus compañeros observaron un rato hacia abajo y después intercambiaron miradas de estupor.

Aquel lugar parecía muerto. No eran capaces de detectar ningún movimiento humano entre las casas y tampoco sonaba ningún cencerro que delatase la presencia de algún animal de granja. Nada. En la entrada, los recibieron un puñado de milicianos con cara de pocos amigos. Enseguida comprendieron que bastante escasos estaban de víveres como para alegrarse del hecho de que trece bocas más se incorporaran a su destacamento.

Pero no les quedaba más remedio que aguantar las órdenes y amoldarse a la situación. Como siempre, la tensión fue suavizada con las armas que de momento estaban siendo más efectivas: el tabaco y el coñac. Roto el hielo, entendieron que estaban allí porque ya no cabían en Grañén.

Grañén era la población importante; la tenían a unos nueve kilómetros y era donde realmente estaban destinados. Era una villa que tenía un alto valor estratégico, con un nudo ferroviario que permitía la comunicación directa con Barcelona. Esto, junto con su posición geográfica y el hecho de que, desde el primer día del alzamiento de los fascistas, hubiera sido un punto caliente en los enfrentamientos y las movilizaciones de los paisanos, la había convertido en una capital del frente. Allí se ubicaba el cuartel general de la Columna de los Aguiluchos y tropas internacionales habían instalado el primer hospital de la zona, que llamaban el Hospital Inglés[11].

Estas informaciones les provocaban excitación. Hasta aquella jornada, su experiencia bélica no había ido más lejos de ir de aquí para allá, acarrear material y hacer de albañiles. ¡Aún se les oxidarían las armas! Sin embargo, ya se veían metidos en algo importante. No es que tuvieran ninguna gota de sangre militar corriendo por las venas, pero ir pasando el tiempo y que la guerra no fuera más que ruidos lejanos, aviones que pasaban de largo y alguna columna de humo de procedencia indeterminada les estaba perturbando la conciencia.

La última información los acongojó más. Según les explicaron, la zona funcionaba un poco a su manera, con normas únicas para la comarca. Todo estaba fiscalizado por un grupo de hombres que se habían ganado el control total, desde el regadío de los campos al pago de los salarios en la Cruz Roja; todo pasaba por la supervisión y la arbitrariedad del Comité de Grañén. Así, mientras permanecieran allí destinados, su máximo comandante sería un hombre conocido como Pancho Villa[12].

Pancho Villa era un anarcosindicalista que había sabido llegar a controlar todo lo que pasaba en la comarca, que él consideraba sus dominios. El consejo que recibieron fue muy claro: evitar siempre encontrarse con aquel individuo frente a frente. Aun así, también tendrían que ir con pies de plomo con la División Escaso; el hecho de que sus miembros se autodenominaran «Centuria Pancho Villa» ya les daba señales claras.

Después de estas informaciones, la sensación era de no tener muy claro si estaban allí para luchar contra los fascistas o para defenderse de los que teóricamente eran sus compañeros.

Pronto entendieron que todo era cierto y que, además de andar cada día nueve kilómetros de ida y nueve de vuelta para hacer sus tareas de zapadores —les gustaba más ese nombre que decir que hacían de albañiles—, tenían que sufrir bastante hambre. El Comité no parecía tener entre sus prioridades la buena alimentación de la tropa. Seguro que sus miembros sí que se atiborraban bien, pues no había más que ver la imponente panza que lucía con orgullo el tal Pancho Villa, pero ellos iban muy justos. Puesto que no estaban en los cuarteles ni por la mañana ni al atardecer y a sus puestos de trabajo llegaban a mediodía unas raciones demasiado exiguas para el duro trabajo que realizaban, durante aquellos días adelgazaron considerablemente. El hecho de que tantos hombres conviviesen dentro de una iglesia sin las mínimas instalaciones provocaba que la higiene fuera bastante justita y casi todos lucían espesas barbas y cabellos mal cortados por falta de las herramientas adecuadas.

Para acabar de aliñarlo, la última carta recibida de Tereseta le había dejado inquieto. Al no ser del todo consciente de la complicada situación que se estaba viviendo en la retaguardia —en las cartas se ahorraba preocuparlo más—, la noticia de que un vecino del pueblo, de una casa que apodaban Cal Bisbe, les había ofrecido alojamiento le había desconcertado. Como Tereseta le había contado que ya había cobrado los últimos jornales que le debían de la obra de la carretera y en el último paquete recibido había buenas dosis de longaniza y tabaco, tenía la impresión de que iban tirando bastante bien. Ignoraba que la realidad era muy diferente, que ella y la niña se habían quedado muy desamparadas y que el ofrecimiento del de Cal Bisbe les había salvado la vida. Ya empezaba a faltar de todo, también en Jorba. A pesar de que, en el subconsciente de Federico, en su pueblo las cosas debían de ser diferentes, en realidad todo era igual en todas partes. Hambre por aquí y por allá, dinero que cada vez servía para menos, despensas que eran confiscadas por los militares y escondrijos para tener mínimas reservas en las casas.

Tan acuciante era el hambre que, en una de las cartas que envió a casa, sus palabras la dejaban entrever. En esa misma carta, contestaba a Tereseta sobre el ofrecimiento de ayuda que ellas habían recibido por parte de Josep de Cal Bisbe:

Teresa Marimón

Torba

Marcen 20 de Agost de 1937

Volguda espose: La presen es per a ferte a sabé que
per hara estic be de salud com pensu esteu vosaltres
tan tu com la nena.

Sabrás que ahi vareig rebre le teva carta al momen
que várem arribá aquet poble que em pensu ya
hauras rebut el telegrama que vaig tirarte cuan
várem arribá. Sabrás que aquet poble es molt
diferen dels que haviam anat per que alli no
ens faltava res especialmen cada dia menjavan
mols melons y aquet es molt petit y no hiá gran cosa
y l'aigua va molt escasa per que els fecistas váren
trenca l'aigua del canal y em pensu que no y
estarém gaires dias, el dia que marcharém ya

83

et tornaré escriure per que aixis podrás sabé sempre el puesto que ame eposento. De lo que em dius del paquét ya hu he rebut tot com yá te veig ab la meva ultima carta tots heu rebut el paquét menus l'Agustí. De aixó que dius de escriure en castellá em semble que es iguál perque yá veus que yo sempre las y escric. De aixó que em dius de las cartas que tú has escrit 6 yo ni he rebudes 4 ab la del paquét. De aixó que em dius del de es Bisbe no hu se per el tio que haurá fét, y es fét lo de enviárme la direcció per que li escriurém dereguida. Aixó de que haureu arreglát de dormir ab la forma que em dius trobo que está forsa acertát perque de aquét módu, ya que aixis estaréu tots més comodus. Tambe em dius que no em trobás en lloc que

voldríet la meva companyia, crec que yo tampóc
et trovu enlloc en tú, y que y pensu mólt a les
vosaltres tambè que estáva yo el costre custát de tú
y la nena. Estic contén que almenus fesmemoria
a la nena de mi y festi anumenia forsa el papa
que se enrecordi forsa de mi. Tambe feix que ye
escohèt lo de la carratera. No me escríguis fins
que rebis una altra carta per que com te he dit em
semble que y serém póc. Sabies que ahir vareig
teni carta del meu germà Juán quina em diu
que varen di el Ramon que fes lo que pugués per mi.
Res més tic que dirte donaras recòrs a la família
y rep una forta abrasede del teu espós que tan
te espero venrés y abrasarte.
        El teu espós

            Federico Centelles

Darás mil petons a la nena de part [strikethrough] meva y mira de ferla creixe forsa.

Salud.

Teresa Marimon   Jorba

Marcén, 20 de agosto de 1937

Querida esposa: La presente es para hacerte saber que por ahora estoy bien de salud como supongo que estáis vosotras, tanto tú como la nena.

Deciros que ayer recibí tu carta en el momento que llegamos a este pueblo que supongo que ya habrás recibido el telegrama que te envié cuando llegamos. Deciros que este pueblo es muy diferente de los que habíamos ido, porque allí no nos faltaba de nada, especialmente cada dia comíamos muchos melones y éste es muy pequeño y no hay gran cosa y el agua es muy escasa porque los fascistas cerraron el agua del canal y creo que no estaremos muchos días , el dia que marchemos ya te volveré a escribir para que puedas saber siempre el lugar donde me aposento. De lo que me dices del paquete, ja lo he recibido todo como ya te dije en la última carta, todos hemos recibido el paquete menos Agustí. De eso que dices de escribir en castellano, me parece que da igual porque ya ves que yo siempre las escribo.

De eso que me dices de las cartas que tú has escrito 6 yo he recibido 4 y lo del paquete.

De eso que me explicas de Cal Bisbe, no sé el lío que habrá hecho, y has hecho bien enviándome la dirección porque le escribiré en seguida.

Esto que habréis arreglado de dormir de la forma que me dices encuentro que está bastante acertado porque de este modo, ya estaréis todas más cómodas. También me dices que no me encuentras en ninguna parte, que querrías mi compañía, cree que yo tampoco te encuentro en ninguna parte a ti y que pienso mucho en vosotras, tan bien que estaba yo a vuestro lado, contigo y la niña. Estoy contento que al menos recuerdes a la niña de mí y hazle nombrar bastante el papa, que se acuerde bastante de mí. También veo que ya has cobrado lo de la carretera. No me escribas hasta que recibas otra carta porque como te he dicho, me parece que estaremos poco. Ayer tuve carta de mi hermano Joan que me dice que dijisteis a Ramón que hiciera lo que pudiera por mí. Nada más que decirte, darás recuerdos a la familia y recibe un fuerte abrazo de tu esposo que tanto espera verte y abrazarte.

Tu esposo.   Federico Centellas.

Darás mil besos a la niña de mi parte y intenta hacerla crecer mucho.

Salud.

Así acabaron el verano, sorteando a los de Pancho Villa, yendo arriba y abajo cada día, para trabajar de zapadores construyendo unas fortificaciones en la sierra de Alcubierre, en un lugar llamado Monte Irazo. En aquel lugar trabajaron para dar seguridad a los hombres de la 27.ª División, a los que habían bautizado como Columna Carlos Marx[13], que tenía su base en la próxima localidad de Tardienta. Sus componentes se iban relevando para controlar aquella estratégica posición. Durante aquel tiempo, como hacía buena temperatura, muchos días no volvían a la iglesia de Marcén al acabar la jornada y dormían en algún pajar o bajo los árboles.

Bien es verdad que el grupo de trece hombres se había organizado de forma bastante autónoma e iban construyendo a su manera, sin que los otros soldados los incordiaran mucho. Debían de pensar que eran algún tipo de ingenieros o algo así... De ese modo vivían más tranquilos, ya que cuando llegaban mandos a sus posiciones, habitualmente les caían órdenes contrapuestas o quejas por el trabajo hecho.

Continuaba —más bien crecía— la desorganización dentro de aquel ejército. Como Agustí tenía tanta palabrería, había conseguido que dentro del camión que cada dos o tres días les suministraba materiales no faltara nunca un buen paquete de provisiones para los señores zapadores. Así que volver diariamente a aquella iglesia donde no tenían casi de nada no les compensaba.

Prácticamente viviendo en el bosque, cada día que pasaba tenían la impresión de que el ruido de disparos y explosiones lejanas iba adoptando una frecuencia más continuada. Si a primeros de su estancia en la comarca se sentían alguna vez cada dos o tres días, y solo cuando el viento soplaba a favor, ahora eran mucho más claros, fuertes y resonaban dos o tres veces cada jornada como mínimo.

Una vez dadas por finalizadas las construcciones en el Monte Irazo —que alargaron todo lo que pudieron sin levantar sospechas— cumplieron las órdenes que tenían de bajar hasta Grañén. De buen agrado hubieran alargado unos días el trabajo, pero inesperadamente Agustí se hizo un esguince al caerse de un ribazo. Como pudieron, le entablillaron la pierna izquierda hasta el pie y, ayudándose por un lado con Federico y por el otro con una muleta que habían improvisado, decidieron ir tirando hacia el Hospital Inglés, que aún no conocían, pero que parecía el destino más evidente para su compañero. Así lo hicieron y, avanzando con mucha dificultad, dos días más tarde entraron en Grañén.

El pueblo era un auténtico caos, un desmadre de gente que hormigueaba arriba y abajo por las calles, que entraba y salía de puertas aquí y allá. Y, cómo no, en Grañén también parecía haberse instaurado la tradición de no hacer ni puñetero caso de su grupo. Preguntando se llega a Roma y así consiguieron llevar a Agustí hasta el

Hospital Inglés. Una joven, vestida como un hombre, con un delantal manchado de sangre, que llevaba la cabeza engalanada con un extraño sombrero donde se podía leer «Nurse» les ordenó que dejaran al herido en un banco cerca de la entrada, dentro de una antesala donde los heridos o enfermos tenían que esperar su turno. Después, los echó con un castellano de cuatro palabras. Al despedirse de su cuñado, Federico tuvo tiempo de ver, al fondo de la sala, el primer paso que esperaba a todos aquellos hombres antes de ser atendidos. Un barbero, equipado tan solo con una máquina cortacabello que hacía un curioso zumbido, no invertía más de un minuto en rapar cabeza y barba de los que iban pasando por sus manos. Las miradas de curiosidad se repetían. ¡La mayoría de aquellos hombres no habían visto nunca una esquiladora eléctrica!

El grupo había perdido uno de sus miembros, al que todos habían deseado suerte y una pronta recuperación. No había tenido fortuna. Era la segunda vez que Agustí resultaba herido en aquellos meses. De nuevo, les tocaba buscar su destino, pero, puesto que creían que los cabecillas ignoraban que ya estaban en Grañén, dedicaron un rato a compartir unos vasitos de coñac cerca de una de aquellas calles atestadas, en el interior de una cantina colmada de gente y humo, sucia como si todos los jabalíes de la comarca hubieran pasado en un momento u otro por el local, con mobiliario destartalado y polvoriento. Sin embargo, no era momento de ponerse remirado. Entre todos pagaron una botella pegajosa y llena de huellas, como correspondía a la categoría del antro donde estaban, que contenía un destilado que se podría asimilar a cualquier cosa menos coñac, pero que se dejaba beber y cumplía a la perfección la tarea de levantar ánimos y moral.

Fue uno de aquellos ratos de amistad, risas y camaradería que tan bien sentaba a unos hombres que vivían en tierras extrañas, comiendo poco, durmiendo mal, cansados y cumpliendo órdenes de incompetentes. El entorno hostil conseguía forjar grandes amistades entre desconocidos de procedencias diversas; en el caso de su grupo, prácticamente lo único que compartían era la profesión que ejercían en la vida civil: todos sus miembros eran albañiles. Bien, todos menos Xano, que mintió para poder continuar con el grupo y se instruyó en las artes del peonaje en un tiempo récord, a pesar de que solo entendía de ganado, cereales y verduras.

Estaban disfrutando de aquel rato de risas y chistes cuando Federico fijó la atención en un hombre que estaba sentado a solas a pocos metros de ellos. Un tipo con ojeras, muy afeitado y que iba vestido con uniforme de sanitario. Le pareció que su rostro era extrañamente amarillento y lo atribuyó a su origen. No tenía duda de que aquel joven con cara de niño era extranjero.

Le hizo señales para que se acercara hacia su mesa y se uniera al grupo. El hombre, tímido en un principio, accedió, se sentó con el grupo de zapadores y se presentó. Se llamaba Alec. Enseguida se hizo patente que tenía carencia de compañía. Evidentemente, se sentía forastero en un país extraño. Hablaba una mezcla de castellano e italiano, pero se hacía entender. Pasado un rato, levantó un estuche que llevaba en las manos y les propuso que se hicieran una fotografía; esa era su pasión.

(Foto de Alec Wainman[14], Inglés que fue voluntario como sanitario y que consiguió una gran colección de fotografías)

Risas y bromas con mezcla de idiomas. ¡Se le veía satisfecho! Aquella tarde había obtenido las dos cosas que más necesitaba: una conversación distendida y un buen motivo para practicar la fotografía. El resto de los hombres no sabían que además tenía otro problema: aquel color amarillento que habían percibido no era distintivo de su origen, sino que se trataba de un síntoma.

Su salud no pasaba por el mejor momento. En realidad, no era extraño que los sanitarios contrajeran enfermedades, puesto que estaban en permanente contacto con heridos y enfermos de todo tipo. Se despidieron de él al darse cuenta de que era la hora de dirigirse al cuartel y presentarse a sus mandos. Así lo hicieron y pasaron la noche en los corrales del gran cuartel de la Guardia Civil del pueblo.

La gran concentración humana que había en aquel lugar estaba provocando que algunas plagas relacionadas con la higiene se extendieran sin control. Así, avisados de que la sarna y los piojos se estaban instalando de forma caradura y sin contemplaciones en los cuerpos y cabellos de la gente, recibieron la orden de acabar con las barbas y de que los cabellos tuviesen la longitud máxima correspondiente a un corte al dos.

Federico vio claro que había llegado el momento de deshacerse de la barba que había decidido dejarse crecer. Pasó, igual que sus compañeros, por las manos torpes de un chaval que debía estar aprendiendo del aprendiz del barbero y usaba un cortapelos de mano, que pellizcaba por allí donde pasaba y que tanto servía para las barbas como para las cabezas. Era tan chapucero aquel chaval que todos salían con grandes trasquilones que invariablemente producían las risotadas de los compañeros.

Un día más de inactividad. Después de pasar todos por el barbero, tarea que les ocupó casi toda la mañana, se acercaron al Hospital Inglés para interesarse por la salud de Agustí. No fue fácil conseguir información, pero después de preguntar a un número indeterminado e importante de chupatintas del centro, salieron con la noticia de que aquella mañana su amigo y cuñado había sido evacuado. Ya viajaba de permiso hacia casa y estaría libre de servicio durante el tiempo que la escayola que inmovilizaba su pierna le obligara a hacer reposo.

Su segunda tarde en Grañén fue casi un calco de la primera y acabaron en la tasca del día anterior, donde repitieron la liturgia del coñac, el tabaco y las animadas conversaciones. Varias veces Federico escudriñó el local buscando al joven británico de la cámara de fotografiar, pero no lo encontró. «Lo habrán enviado a algún rescate en el frente», pensó. En realidad, su amigo extranjero yacía en aquel momento en una de las camas de su propio hospital.

El tercer día no pudo empezar peor. El frenético chillido de unas sirenas los despertó. Con el conocimiento todavía enturbiado por el sueño, saltaron de la paja donde dormían, se calzaron, cogieron sus armas y corrieron hacia las posiciones de defensa. Evidentemente, los estaban atacando. Enseguida, se sintió claramente el fruncido de los aviones. Era obvio que se trataba de la fuerza aérea fascista. Las carreras, los gritos y las órdenes viajaban por el pueblo tan rápido como aquellos aviones se acercaban.

Una, dos, tres bombas estallaron antes de darles tiempo a ver los aparatos. Protegido detrás de una barrera de sacos terreros, con el arma cogida muy fuerte, no sabía dónde mirar y tampoco si debía disparar, ya que no tenía ningún blanco claro. Varios nidos de ametralladoras empezaron a contraatacar el fuego aéreo y Federico vio como uno de los aparatos era abatido por sus compañeros. El aparato sufrió una pequeña explosión y empezó a caer, rodeado de fuego, directo hacia su posición. No pudo reaccionar y se quedó congelado mientras aquel montón de hierro en llamas le caía directamente encima. En los últimos segundos, pudo cruzar la mirada con la del piloto; aunque no le pudo oír debido al infernal ruido que los rodeaba, era evidente que gritaba algo. El vidrio del aparato estaba hecho trizas y el hombre del cielo tenía una gran mancha roja entre el cuello y la oreja. Sintió como le pasaba por encima y percibió un fuerte calor que le soplaba directamente en la cara. ¡Casi lo podría haber tocado con las manos!

Afortunadamente, el aparato se estrelló justo a unos diez metros a su espalda. Entonces sí que reaccionó y se agachó dentro de su escondrijo. Suerte que lo hizo, porque una nueva bola de fuego, mucho más potente que la primera, pasó sobre él. El aparato y su munición habían estallado.

Después, el silencio y la oscuridad... La nube de polvo y humo que se había generado no le dejaba abrir los ojos y tardó unos minutos en poder entrever de nuevo la luz. Tosía. Aparte del ambiente irrespirable, unos cuantos sacos habían reventado y la tierra que contenían le había sepultado parcialmente. A medida que se iba rehaciendo, se daba cuenta cada vez más del silencio, como si se tratara de una película muda, sensación que no se avenía nada con la actividad frenética que podía entrever con sus ojos llorosos y llenos de polvo. La batalla continuaba: la aviación rebelde, rabiosa por perder un compañero, había hecho un nuevo pase con claras intenciones de revancha. Nuevas explosiones, en principio silenciosas para él. Paulatinamente, los ruidos fueron llegando, primero como si fueran lejanos. Y al cabo de pocos minutos todo volvía a ser normal. ¡Normal si te están atacando aviones enemigos! Tuvieron suerte por la pericia de los chicos de la defensa antiaérea, que estaban muy preparados y al tercer pase consiguieron abatir un segundo aparato, que fue a estrellarse, en este caso, en las afueras del pueblo. El tercer piloto fascista, quizás al ver que sus compañeros habían caído o bien porque había agotado la munición, emprendió la retirada.

Finalizado el enfrentamiento, empezaba por primera vez para Federico la terrible tarea que les correspondía a los supervivientes de un ataque: buscar compañeros heridos, ayudarlos y después dar sepultura a los muertos. Puesto que los sanitarios no daban abasto, cada unidad se hacía cargo de sus víctimas. El pueblo estaba bien preparado para estas contingencias, dado que la situación del Hospital Inglés había provocado que se dispusieran para hacer sepulturas dos campos anexos al cementerio municipal.

En su grupo, fueron dos los hombres que recibieron. El primero de ellos, herido leve al caerle encima unos cristales que una bomba había hecho añicos, y un segundo hombre que murió aplastado por un muro que había cedido por una de las explosiones. La tarea resultó ser más que dura, durísima. La relación personal con el compañero muerto no era estrecha. De hecho, habían hablado muy poco. Pero la circunstancia de llevar tiempo formando parte de una misma unidad les convertía en familia.

Había que improvisar una camilla con unas maderas, trasladar el cuerpo hasta el lugar indicado y entonces casi desnudarlo. Se tenía que aprovechar toda la ropa que llevara en buen estado, pues pronto llegaría el invierno y la necesitarían. Evidentemente, los enseres, armas y munición se tenían que trasladar a los cuarteles para reaprovecharlos. Como si viviera dentro de una pesadilla, vio como Xano se guardaba las botas del compañero muerto; en aquel momento, a Federico le pareció un acto irrespetuoso. Más tarde, lo entendería perfectamente.

El tempranero ataque les dio trabajo durante todo el día. Al atardecer, después de conseguir bajar hasta el Flumen para lavarse un poco en el río, se dirigieron hacia la cantina muertos de hambre.

La plana mayor local se había comportado. Unas inmensas ollas de un maloliente, pero a la vez apetitoso, guiso de carne y arroz los esperaba, además de una cantidad importante de cajas que contenían botellas de vino. Aquel anochecer las raciones fueron importantes. ¡Ni siquiera faltó el pan de trigo, cocido del día! Se comentaba entre las mesas que los mandos les querían premiar por su heroicidad. Lo que también se comentaba entre los más críticos era que si en su día a día los soldados pasaban tanta hambre, seguramente era porque los oficiales no pasaban nada...

De lo que a los mandos no se les podía tachar era de bobalicones. Al acabar, hicieron correr el coñac con la excusa de brindar por los camaradas que ya no estaban, para hacer que el alcohol borrara cualquier susceptibilidad que revoloteara por aquellas cabecitas.

La reconstrucción de las zonas malogradas por el ataque duró unos cuantos días, durante los cuales fueron percibiendo la gradual aproximación del enemigo. Las unidades de choque iban de cabeza y mientras trabajaban, Federico y sus compañeros cruzaban miradas de preocupación cada vez que sentían cerca el rumor de la batalla. Estaba claro que su participación dentro de la guerra estaba a punto de tomar un nuevo rumbo.

Uno de aquellos días, de buena mañana, un caporal irrumpió en el patio del cuartel. Grupo por grupo iba preguntando algo a los hombres y estos siempre señalaban hacia el rincón donde yacían los zapadores. Al llegar a su grupo, el hielo recorrió su espina dorsal... La pregunta de aquel hombre fue:

—¿Quién es Centellas?

Aquello no podía ser bueno de ninguna manera. En aquel momento, la ausencia de noticias era la mejor noticia, puesto que tenían interiorizado que todo lo que pudiera llegar sería la confirmación de que algo terrible había pasado en casa o a la familia. Por suerte, no era este el caso.

—Soy yo, Centellas.

La respuesta no fue muy enérgica. El miedo se había instalado en su interior, la voz le temblaba y notaba el corazón latir a toda velocidad.

—Orden del comandante de que te presentes cuanto antes delante de él.

¡Y se quedó tan ancho! Sin más explicaciones, dio media vuelta y se marchó, dejando a Federico rodeado de compañeros que le miraban en silencio, compartiendo su inquietud. ¡Pancho Villa en persona lo quería ver! ¡Debía de ser algo muy grave!

Después de sacudirse la ropa todo lo que pudo, deslizar un peine mojado por su trasquilada cabeza y ajustarse el uniforme de la manera que le pareció más presentable, acudió a su cita.

El comandante ocupaba uno de los despachos del cuartel de la Guardia Civil, detrás del edificio donde zanganeaban todos los componentes del Comité. Una mesa, con una bellísima joven de uniforme y cabellos limpios como no había visto desde hacía meses, se encargó de recibirlo. Tan pronto le dijo su nombre, le hizo pasar a una sala con sillas. El comandante Villa —pero ¿se llamaba así de veras?— lo estaba esperando, podía pasar a su despacho.

Sus pies no tocaban el suelo. Accedió a la sala como levitando, muerto de miedo por lo que le pudiera decir o hacer aquel temible personaje.

Tal como entró, vio al hombre que controlaba todo en aquella zona. El presidente del Comité de Grañén era un hombre no muy alto, con la cara rosada y bien afeitada, con rasgos propios de alguien que come y bebe bien. Llevaba una boina tan torcida que hacía temer que se le cayera de un momento a otro.

—Así que tú eres Centellas —empezó. Su habla era fanfarrona, todo lo que decía sonaba con sorna—. Me han dicho que nadie trabaja la piedra como tú, ¿es cierto?

¡Era un tema de albañilería! Federico respiró por primera vez, tenía la impresión de que hacía horas que aguantaba el aliento. Solo con aquella primera frase y el tono con el que le había hablado, entendió que aquel hombre le quería pedir algún trabajo.

—Eso dicen, comandante. Tengo buena mano para la piedra.

Le hizo un resumen de las construcciones que él y sus compañeros habían realizado en la comarca. El hombre sonreía. No parecía, ni mucho menos, el ogro que las conversaciones entre soldados hacían prever. Se levantó y le hizo señales para que lo acompañara hasta un gran mapa que estaba clavado en la pared opuesta a los ventanales.

—¿Ves, Centellas? Necesito construir aquí y aquí —señaló puntos sobre el mapa—. Los mejores nidos de ametralladoras, ya sabes. —Le palmeaba el hombro como si lo conociera de toda la vida—. Tipo Fraga. Tú sabes construir de esos, ¿no? —Federico lo miraba como quien mira el horizonte desde un cerro. Pancho Villa insistía, repicando en diversos puntos sobre el mapa—. ¿Entiendes por qué te he elegido? Estos puntos son importantísimos y no los podemos *de perder*, pero no hay forma humana de llevar hormigón ni material hasta allí. Por eso, tenéis que construir utilizando lo que encontréis en la zona, sobre todo piedra.

«¡Mensaje recibido!», pensó Federico. Ahora faltaba encontrar la manera de decirle a aquella especie de pitufo sobrealimentado que él no tenía ni idea de cómo interpretar un mapa y que todos aquellos puntos que le estaba marcando le sonaban a chino. El mismo Pancho Villa le salvó los muebles.

—Tendrás como guía a Sorribas. Es otro catalán, así os entenderéis. Es un genio interpretando mapas y tomando mediciones sobre el terreno. Es *tepógrafo* profesional.

«¡*Tepógrafo*! ¡Qué fenómeno tenemos por comandante!», pensó Federico, a pesar de que se abstuvo de manifestar en voz alta la impresión que le había producido conocer de cerca a aquel famoso individuo.

Salió de la zona de mandos con la orden de formar un grupo de confianza y coordinarse con el tal Sorribas para salir lo más rápido posible hacia su destino. Sin dudarlo, lo comunicó a los nueve hombres que quedaban sanos y salvos del grupo con el que había compartido obras hasta entonces. Todos se mostraron entusiasmados por continuar juntos y salir de aquel maldito pueblo.

La siguiente tarea fue encontrar al tal Sorribas. Después de unas cuantas pesquisas, se vio sentado ante un hombre larguirucho, alto como un campanario y con una nariz larga y puntiaguda como el pico de un águila. Estaba en la tasca, cabizbajo sobre un vaso que miraba fijamente, y no mostró mucho interés por las disquisiciones de Federico. Aun así, parecía que le habían hecho una jugarreta o castigado por algo al obligarlo a irse de

Grañén. El caso es que quedaron para el día siguiente. Él se encargaría de la intendencia. A media mañana, el grupo tendría un camión con enseres de albañil a punto para salir hacia su destino. Antes de marchar, Federico intentó sonsacarle al hombre garza cuál era su nuevo destino. Entre dientes, le pareció entender que mascullaba algo similar a «Montaña».

Al volver y reunirse con su grupo, les comentó la conversación con el espantajo de Sorribas. Uno de sus compañeros, proveniente de Manresa, aclaró al grupo que posiblemente se refería al pueblo de Boltaña, montañas adentro, y que había escuchado que allí las cosas estaban feas, con enfrentamientos constantes y la zona en continua tensión. Federico no pudo pegar ojo durante toda la noche. El hecho de ir a construir fortificaciones bajo el fuego enemigo no le hacía ni puñetera gracia. Aun así, su amigo Xano le intentó tranquilizar con un razonamiento muy propio de un campesino:

—Si tan difícil es llegar hasta allí, también lo debe de ser para los fascistas, ¿no crees?

Seguramente lo decía en voz alta para tranquilizarse también a sí mismo, pero, en el fondo, era todo el consuelo que podían obtener.

Al día siguiente, por la mañana, todo el grupo se preparó. Llenaron los zurrones con sus pertenencias, con la incorporación de una manta que la intendencia les había suministrado a cada uno de ellos. Parecía que allí donde iban refrescaba más que en sus recientes destinos. En principio, no les preocupó en absoluto; estaban hasta el gorro de tanto calor.

El camión era una chatarra. Un trasto medio desgarbado que petardeaba y expulsaba un humo negro y maloliente por debajo del motor, dando la impresión de que el tubo de escape se había roto. En realidad, no existía, no había tubo de escape. En algún momento, un mecánico tuvo la feliz idea de que, si se había roto, podía funcionar sin él, así que lo eliminó y se quedó tan ancho. El resultado fue que el vehículo, ya remendado por todas partes, hacía más ruido que un tanque. Y como el humo salía de la parte delantera, los ocupantes tenían que respirar un ambiente infecto que rodeaba cabina y caja. Así que apilaron sus enseres y las herramientas, básicamente picos y palas, en la parte delantera de la caja y se sentaron a ambos lados, lo más cerca que pudieron de la puerta trasera. Sorribas ocupó el asiento derecho de la cabina y antes de salir los saludó con la cabeza su chófer, otro tipo con pinta de extranjero. Les alentaba el hecho de encontrar tantos forasteros apoyando su bando. Ponía de manifiesto que, en aquel follón, ellos eran los buenos.

El camino hasta Boltaña fue tranquilo. Pasado un rato, los cuerpos se habían amoldado a los incómodos bancos del camión y muchos de ellos consiguieron dormir buena parte del trayecto. Una parada de avituallamiento en Lasieso y retomaron el camino. Realmente, el paisaje iba cambiando kilómetro tras kilómetro, haciéndose más verde, más montañoso y continuamente salpicado de riachuelos que corrían alegres, ajenos a los problemas de los humanos. Ese verdor y la humedad también tendrían su lado negativo: iba entrando el otoño y las temperaturas, sobre todo las nocturnas, eran cada día más bajas.

La vida en Boltaña resultó más atareada que la que llevaban hasta entonces, pero sin exagerar. El grupo se incorporó enseguida a una extraña situación en la que ambos bandos se fortificaban y aseguraban sus posiciones, pero durante días y días no se atacaban, excepto los ratos en los que la aviación aparecía en el horizonte, momentos en los que se llevaban a cabo batallas más bien breves.

Los territorios estaban perfectamente marcados. «Hasta aquí, zona Nacional; hacia allá, los Republicanos». Por si fuera poco, aquí y allí se encontraban carteles delimitando los respectivos dominios. Durante los anocheceres y las noches se hacían intercambios con los soldados enemigos, tanto de tabaco y licores como de ropa y zapatos. Se había llegado a organizar un partido de fútbol entre dos equipos que día tras día se mataban entre sí. Esto no quiere decir que la situación fuera de paz. Al contrario, al aparecer la aviación o algún mando de un bando o el otro, la maquinaria bélica se ponía en marcha y la contienda iba de veras. La situación era surrealista, puesto que soldados que en teoría eran enemigos mostraban claramente su nula implicación con la causa y la imperiosa necesidad de sobrevivir, aunque eso comportara comprar unas botas a unos soldados con quienes hacía un rato se habían disparado a pocos metros.

Entre trifulca y trifulca, el grupo de zapadores iba haciendo sus tareas, trabajando en un cerro donde los había conducido su guía Sorribas. Se llegaba por una pista desde Boltaña, subiendo toda una infernal pendiente, gracias a la cual entendieron por qué no era factible trabajar con hormigón. En la parte de arriba, una pequeña planicie acogía unas paredes que parecían hechas en tiempos inmemoriales y a las que ellos daban consistencia y seguridad, aportando piedra y más piedra de los alrededores. Lo llamaban Morillo de Sampietro y se tenía que ser muy necio para no ver la importancia de aquella posición.

Por un lado, dominio total del cañón de Añisclo; por el otro, el barranco de San Martín. Era una posición inexpugnable, casi inatacable si no era por vía aérea y que, si se dotaba de una buena defensa, se convertiría en un emplazamiento de alto valor estratégico. Allí pasaban los días, fortificando aquel lugar y convirtiendo en refugio una casa deshabitada en la pequeña aldea, que a pocos metros seguía sirviendo de hogar a un par de familias, ambas compuestas por personas de cierta edad.

Sorribas se afirmó como el gandul del grupo. No daba ni golpe. Con el cachondeo de que él era el mando del destacamento y la necesidad de que alguien vigilase atentamente los valles, dormía una cantidad importante de horas cada día. Solo tres veces por semana se llevaba dos hombres para que lo ayudaran —lo cargaban todo ellos— a subir suministros a la posición.

Mientras estaban en aquella espectacular lonja, en tres ocasiones la aviación fascista los atacó. Por suerte, la obra era resistente y los DECAS[15], unos tipos que pasaban el día fumando y charlando, dominaban de forma espectacular unos extraños artefactos, mitad cañones, mitad ametralladoras montadas sobre ruedas, que nadie se explicaba cómo se las habían apañado para subir hasta allí.

Su parsimonia era curiosísima. Ante los ataques aéreos, sin quitarse el pitillo de la comisura de la boca, manejaban las diversas manivelas y ajustes de aquellos trastos, hasta que escupían fuego por sus extremos, con una precisión tal que todos los ataques eran repelidos y, en varios casos, los aparatos abatidos.

Solo entonces los DECAS tenían trabajo, durante el ataque y cuando abatían algún aparato. Después, iban a buscar los restos para recuperar munición y lo que se pudiera aprovechar del contenido de los aviones siniestrados. En lo referente a los pilotos, nunca pudieron saber si alguno había sobrevivido. No se hablaba de eso, pero durante algunas de sus incursiones a los amasijos de hierro, los zapadores habían intercambiado miradas al sentir algún disparo.

Entre los DECAS y los zapadores casi nunca hubo contacto ni intercambio de palabras, conversaciones, tabaco ni ninguna de las confraternizaciones que se daban a menudo en cualquier zona de guerra. Los zapadores bajaban unos metros cada anochecer para abrigarse dentro de una de las casas y los DECAS permanecían día y noche en sus refugios.

Un día, Federico se encontró con uno de aquellos hombres de admirable puntería. Uno cargaba unas piedras camino arriba y el otro volvía de una excursión a un aparato enemigo al que habían abatido. El hombre llevaba ligadas al cuello dos botas, negras y casi nuevas. Durante un momento las miradas se cruzaron, pero Federico solo podía mirar aquel calzado. El otro bajó la vista hacia sus pies, hasta sus malogradas alpargatas, sonrió y, descolgándose las botas del cuello, le habló:

—¿Crees que te servirán? Para mí son grandes.

A Federico se le abrieron los ojos como platos. Día tras día, el frío se iba haciendo dueño de los anocheceres, noches y madrugadas. A pesar de que de cuerpo no iba mal equipado y la manta que le habían dado era una salvación, los pies siempre estaban fríos.

No consiguió responder a aquel hombre. Solo le sonrió y alargó la mano para obtener el mayor trofeo que conseguiría en aquellas montañas. No esperó a llegar a lo alto del camino para cambiarse el calzado. Allí donde estaba, se sentó en el suelo y se las puso. Le iban como guantes. Se las miró y, por un momento, pensó en el hombre que hasta el día anterior las había llevado en los pies. Quizás también tenía una familia que lo esperaba, pero aquel desgraciado los había intentado matar... Durante unos minutos miró el horizonte, sin enfocar. ¿En qué clase de hombre le estaba convirtiendo la guerra? Respiró y pensó en Tereseta y la pequeña Conxita, que lo esperaban en Jorba. Por ellas, tenía que evitar remordimientos. Haría todo lo que fuera necesario para que volviesen a estar todos juntos.

En mitad de unos días de lluvia, que significaron un descanso de unas cuantas jornadas, las miradas del DECA que le había regalado las botas y las de Federico se cruzaron varias veces. Nunca se volvieron a dirigir la palabra, pero entre una de las intendencias de Sorribas le llegó una botella de anís. Entre la lluvia, corrió los cien metros que separaban las casas del muro, le dio la botella al DECA y, sin intercambiar palabra, volvió a su lugar.

El tiempo libre sirvió, entre otras cosas, para escribir a casa:

10 Octubre de 1937 Los pirineos
Bresada

Apreciada esposa he rebut
à ques tus cuatra paraulas
per turde que es dit beba salut
dal com be estou la teva y
la de la nena.

Com be saix de di que si
a cal estruch no nen biat
el pequet quebre ma nuva
la sileu mujicsa cus una pipa
y se tan un biat isa len biaras
un al trelia que es de mani
un paquet, y cuan bages.
Ygualacia a cumpra la pipa
prens la nena y us feurrebra
ba toles llugas y mon biar el
suebrabu que fon games de veures
toles llugas, y com ya saps

que estem en la serra, ai ala
barda fen guardia tan ama
dies noras à lor, y caumen saban
rrojos no tirat, que a lor es el
mix dels faxistas y misal tres
que es tam dels uns als dus uns
500 metres pro à trincheras
y tembe la roba que em baix
cambia a quibaix ia nose sis
blanco o sis negra per que ya
una clasa de biens que uns al
sen que ya el pots pensa que
son pro cada dia entrec uns
cuans, y à beura cuan bon
Doze si el trubare, ai sumes bona
que no al baix beuba, axeis es
que som sicom la nena à
beura si mon genforsa

que em pensa que la nena ya.
ufas proba em pensu que no
enfas gaires, es forsus per mangu
tembe saix de di que si em ba
y gesis no emeu nasarias per
que porsu la barba mol llarga
i la nena cuan mes simaria
lifaria pa. Res mes per ques
ta carta es des peleix el teu
marit que tan desituma y
depresia y desras de parmera
un pasia la nena y tenba duna
una forsa à brasada à els teus
para y un paxis à bejeruna y
una estreba à la merse, y la
Gusti, y bejermana i mama a bra
sada. Salut
Federico Castellos

111

10 Octubre de 1937 Los Pirineos

Apreciada esposa, te escribo estas cuatro palabras para decirte que estoy bien de salud tal como deseo la tuya y la de la niña.

También te dije que si a can Estruch no han enviado el paquete que les pedía Isidre me pondrás una pipa y si lo han enviado ya, la enviarás otro día que les pida un paquete, y cuando vayas a Igualada a comprar la pipa coges la niña y os ponéis guapas las dos y me envías un retrato que tengo ganas de veros a las dos. Como ya sabes estamos en la Sierra.

Ayer por la tarde haciendo guardia fueron tres chicas al huerto y empezaban, rojos no disparéis, que el huerto está en medio de los fascistas y nosotros que estamos de los unos a los otros a unos 500 metros, pero atrincherados, por eso, la ropa que me pude cambiar aquí abajo ya no sé si es blanca o si es negra porque nos sobrevuelan aviones que ya te puedes pensar que son, pero cada día entran unos cuantos.

Y a ver si cuando vendré si te encontraré a ti más buena que te dejé, así que tanto tú como la niña a ver si coméis bastante, que pienso que la niña ya lo hace pero tú creo que no haces muchos esfuerzos por comer. También tengo

*que decir que si me vieras no me conocerías porque llevo
la barba muy larga y a la niña le daría miedo darme un
beso.*

*Nada más por esta carta, se despide tu marido que tanto
te estima y te aprecia y darás de mi parte un beso a la niña
y también darás un fuerte abrazo a tus padres y un
pellizco a tu hermano y un apretón a la Mercé y al Agustí
y mi hermana, un abrazo.*

Salud.

Federico Centellas.

Federico pedía a su mujer que le enviara una foto, de ella
y de la niña. Era consciente de que no era fácil, ya que
para acudir al fotógrafo tendrían que andar hasta Igualada
y con los mejores atuendos disponibles, para salir muy
guapas. Sabía que los días que Tereseta bajaba hasta
Igualada, aproximadamente una vez cada dos semanas,
dejaba a la pequeña con su primita para poder ir rápida y
porque solía volver cargada de productos que en Jorba no
estaban disponibles. También aprovechaba esas
excursiones para depositar en la oficina de Correos las
cartas y paquetes que enviaba a su marido. Así, para
complacer el deseo/necesidad de su marido, la pequeña

salida de cinco kilómetros abajo y cinco arriba sería en aquella ocasión un poco diferente.

Se organizó y, un día del otoño de 1937, la mujer y su pequeña bajaron hasta la ciudad de Igualada y visitaron a un conocido fotógrafo de la Rambla. El hombre disponía de un decorado, que usaba casi para todos los retratos. En la trastienda, contaba con un pequeño laboratorio donde revelar los clichés.

Mientras el hombre trabajaba entre sus químicos dentro de una sala oscura, Tereseta aprovechó para hacer el otro encargo de Federico: compró la pipa y, contando hasta el último céntimo que llevaba, unos cortes de tocino y unas pequeñas alpargatas, ya que la niña no paraba de crecer y todo le quedaba pequeño. Después, tras volver al local del fotógrafo, que ya había acabado el proceso de revelado, tomó la imagen y allí mismo acabó de cerrar el paquete que seguidamente llevaría a la oficina postal.

Todos los días que bajaban a Boltaña, que no eran muchos, Federico no dejaba de pasar por la oficina de Correos para entregar alguna carta y ver si había algo para él. Aquel día, el paquete parecía brillar. Nervioso, desató los cordeles que sujetaban el papel de estraza y lo primero que vio hizo que sus ojos brillaran: la foto de sus estimadas.

¡Cómo crecía la niña! Y ¡qué guapa estaba! Inmediatamente, mostró la imagen a todos los compañeros, en uno de aquellos momentos de camaradería que ningún ser humano que no haya pasado por una experiencia como aquella podría jamás entender. De repente, el día —¡mejor, la semana!— se había enderezado con el contenido de aquel paquete. Aquella foto desvanecía la fatiga, el miedo y el hambre que estaba pasando y convertía el futuro en algo bonito. Le devolvía todas las ganas de vivir, ganas que, sin darse cuenta, había estado perdiendo jornada tras jornada.

Al volver al Morillo, Federico intentó disimular su alegría ante el ademán mustio de su amigo Xano. El hombre nunca recibía ninguna carta ni paquete, puesto que su familia y él no sabían leer ni escribir. Por lo tanto, la comunicación era casi inexistente. Cuando los compañeros enviaban cartas hacia la retaguardia, siempre lo ayudaban; en realidad, redactaban totalmente las misivas para su gente. Aun así, tal como habían comentado muchas veces entre ellos, en su casa necesitarían también alguien que les leyera las cartas. Teniendo en cuenta que el envío a las posiciones de guerra era difícil dado el constante movimiento de las tropas, incluso si su familia le había hecho envíos, nunca llegarían hasta el solitario hombre.

Mientras tanto, sus compañeros, unos más y otros menos, iban recibiendo correspondencia y paquetes como el que aquel día había alegrado a Federico. Este hecho, sumado a su gregarismo y falta de decisión, estaba provocando que el solitario campesino se fuera deprimiendo más y más.

El hombre miraba adelante, sin ningún punto fijo, con los ojos más y más hundidos en el sonrosado rostro y la mirada perdida dentro del fuego que chasqueaba en el interior de la casa donde se refugiaban en los anocheceres. Federico compartió con él una *secallona* que había viajado en el mismo hatillo donde había llegado la fotografía. La calidez del fuego, la conversación sobre las cosas que harían cuando todo aquel follón se acabara, la longaniza y unos tragos de vino acabaron siendo la medicina que —al menos de momento— anestesió el alma y los sentimientos de aquel campesino de l'Espelt.

El trabajo en el Morillo todavía se alargó unas semanas más. Sorribas recibía órdenes para llevarlos hasta emplazamientos próximos donde se tenían que reforzar defensas y a otros que habían recibido ataques y se tenían que recomponer. El hombre, aparte de ser un holgazán rematado, demostraba entonces las dotes que había enaltecido en su momento Pancho Villa y conducía al grupo a los lugares seleccionados con una precisión increíble. Nunca erraba un camino, nunca dudaba en un desvío. Por lo menos, eso sí lo tenía a su favor.

Durante aquellas semanas, casi no bajaron a Boltaña y el contacto con el enemigo no resultó ser muy frecuente. En un par de ocasiones, habían intercambiado tiros con pequeños pelotones que intentaban avanzar posiciones, de momento sin éxito. También fueron testigos de cómo los fascistas incrementaban, día tras día, la presión sobre la zona más poblada, dejando incomprensiblemente de lado su posición, tan importante y estratégica... La guerra era una sucesión de órdenes de mandos desde emplazamientos donde no eran capaces de interpretar la realidad del terreno. Eso o eran profundamente estúpidos..., o ambas cosas.

Si sus mandos, por regla general, eran unos incompetentes y unos vividores, era de imaginar que las autoridades del ejército sublevado serían tanto o más buitres oportunistas que los suyos. Al fin y al cabo, ellos eran unos jóvenes sin espíritu bélico, que se mataban con otros iguales, mientras unos hombres no tan jóvenes, muy bien alimentados y con bastante espíritu guerrero, señalaban dónde tenían que morir aquellas unidades, divisiones, brigadas o como los quisieran denominar para no tener la sensación de jugar con vidas humanas. Aquellos hombres que tomaban decisiones determinantes para el futuro de esos jóvenes lo hacían desde sus despachos, lejos de las primeras líneas de fuego, rindiendo veneración a un tipo bajito, con voz de pito y acento gallego, a quien el legítimo gobierno de la República había enviado a las islas Canarias como premio por su deslealtad.

Esa carencia de espíritu guerrero había llevado a situaciones inverosímiles, como el día en el que nuestros hombres, que se trasladaban a unas trincheras próximas, se toparon con un grupo de seis soldados que inmediatamente se identificaron como soldados nacionales. El encuentro fue imprevisto, justo al pasar una curva del camino, hecho que no les dejó margen de reacción. Los dos grupos se quedaron helados durante unos momentos, mirándose, pero ninguno de ellos hizo además de bajar el arma del hombro. Ambos grupos estaban formados por hombres jóvenes y enseguida entendieron que no estaba dentro de sus prioridades matar gente a sangre fría. Sorribas lo acabó de arreglar:

—Señores, ¿no llevaréis tabaco por ahí?

En pocos minutos se encontraron compartiendo conversación, pitillos y una pequeña caldereta donde los sublevados hirvieron arroz y el contenido de unas latas de carne en conserva. Después de comer, Sorribas decidió por todos que ya había suficiente:

—Señores, cada uno a lo suyo, y aquí no ha pasado nada. Nunca nos hemos visto y mucho menos sentado juntos.

Una vez que se separaron los grupos, insistió a los suyos en que nunca debían explicar a nadie lo que había pasado aquel día. Si aquel encuentro llegaba a conocimiento de los mandos, los fusilarían a todos.

¡Ojalá se hubieran comportado como auténticos soldados! Pasadas dos horas, mientras llegaban a la cima de un escarpado terraplén, los temidos dardos empezaron a silbar a su alrededor. Sin tiempo de reacción, tuvieron la sensación de que miles de avispas los atacaban. Muchas de ellas acababan aplastadas en el suelo, levantando en ese último aterrizaje una bolita de polvo y formando pequeños cráteres. ¡Estaban vendidos! Los malparidos habían esperado el momento en el que ellos no tenían donde refugiarse ni opciones de zanjas o brechas. Así que todos cuerpo a tierra y fusiles en mano, intentando identificar el origen de los disparos.

—¡Catalanes! ¡Os vamos a coser! ¡Asomad la cabeza, desgraciados!

Sin duda, era la voz de uno de los hombres con quienes habían compartido aquella incómoda comida. Inconfundible, era el tipo más malcarado y bravucón de todo el grupo, que con toda seguridad había conducido a su pelotón hasta aquel lugar, donde los podrían atacar con relativa seguridad.

Los tenían cerca, muy cerca. Quizás no los separaban ni veinte metros, pero aquel malparido no evidenciaba destacar por ser un gran estratega, dado que su grupo todavía estaba más expuesto que el de zapadores. Situados en una posición más elevada y contando con zarzas que usaron de barrera, enseguida se hizo patente que la posición de los republicanos era de superioridad sobre los fariseos que los atacaban.

Los disparos de los de la 123.ª rápidamente causaron al menos tres bajas entre los atacantes. Esto provocó que, pasados los primeros minutos de intercambio de escopetazos, el fuego se parara y se impusiera un silencio sobrecogedor, en medio del cual los hombres sentían las pulsaciones de sus corazones bombear a cien por hora por encima del soplido del viento. Pasados unos minutos, Federico cuchicheó hacia donde estaba Xano.

—Pst… Pst… ¡Xano! ¡Xano! ¡Movámonos tras las piedras!

Federico señalaba con la cabeza en dirección a un pequeño montículo, donde tendrían mejor refugio. Xano no parecía oírlo. Continuaba estirado en el suelo, detrás de una zarza, apuntando con la escopeta colina abajo. Con mucho cuidado de no desvelar su posición a los de abajo, le lanzó unas piedrecitas para llamar su atención. Xano no se movía. El corazón de Federico latía más y más fuerte, vertiginoso, como si quisiera escapar de su pecho.

Después de volver a intentar que su amigo se girara sin éxito, miró hacia su derecha. Dos compañeros contemplaban la escena. Uno le hizo señales con la cabeza de que se acercara hasta el amigo inmóvil; ellos le cubrirían. Así lo hizo y reptó los cuatro o cinco metros que separaban a los dos soldados. Al tocarlo, la cabeza de Xano cedió de su posición de equilibrio y cayó de manera inerte. Asustado por el gesto de su compañero, retiró la mano y comprobó horrorizado que se le había teñido totalmente de rojo intenso. Continuaban estirados en el suelo, a pesar de que ya hacía unos minutos que el fuego había cesado. Como pudo, lo tumbó bocarriba y entonces comprendió que el rostro siempre rosado de su amigo, entonces desconocido por el destrozo que el proyectil le había causado, había sido blanco de un disparo. Los ojos se le empañaron. Las manos le temblequeaban, todo él temblaba.

La persona que le había acompañado desde su primer viaje de Igualada a Manresa, el hombre que había sido su sombra durante aquellos meses de guerra, aquel hombre que hasta el día del reclutamiento no conocía y que se había convertido en su mejor amigo…, estaba muerto. Y ¡lo habían matado unos hombres jóvenes como ellos, con los que solo hacía unas horas habían compartido caldereta! Sin duda, se trató de una estrategia al verse sorprendidos, en el momento de la inesperada confluencia de caminos, por un grupo enemigo que los doblaba en número.

Todavía cuerpo a tierra, en mitad de los llantos que no podía contener, sintió una presencia al otro lado de la zarza. Entre la niebla que empañaba sus ojos distinguió, a pocos centímetros de su rostro, la clara imagen de la muerte: un cañón de escopeta apuntaba directamente a su cara. Mira por dónde, los destinos de su amigo y de él mismo iban ligados y, tal como había ocurrido al inicio de la aventura, el final de ambos estaba escrito que sería también juntos. Al sentir que era su momento final, el tiempo se paró unos segundos para recordar a su mujer y a su pequeña hija. No las volvería a ver. Si había Dios, ¿por qué no le concedía más tiempo para vivir juntos?

El subconsciente le hizo cerrar los ojos. A continuación, sintió la explosión. Con un fuerte silbido en los oídos, volvió a vivir uno de aquellos momentos en los que el tiempo casi se para y los movimientos son lentos, como dentro de un sueño. No sintió ningún dolor ni sensación de ardor ni de impacto. El movimiento le hizo levantar la cabeza y lentamente abrir los ojos. Entonces lo entendió: el cañón humeante no era el que tenía delante, a pocos centímetros, sino el de la pistola que empuñaba Sorribas, derecho como una torre por encima del grupo de hombres estirados en el suelo. El gandul, el holgazán del equipo, el hombre que no se hacía amigo de nadie, le había salvado la vida.

Dado que, en un ancho camino que se dominaba desde su posición, habían podido vislumbrar a los dos únicos supervivientes de su grupo atacante correr a toda prisa, huyendo de una muerte segura, el grupo se fue levantando. No había ningún herido más, solo Xano había tenido la mala suerte de recibir justo en el rostro el maldito proyectil.

De nuevo, llegaba el momento de aquellas tareas que siempre seguían a un enfrentamiento: desarmar a los enemigos, quedarse con todas las pertenencias que pudieran ser de utilidad y, en aquel caso, trasladar el cuerpo de quien había protagonizado el fracasado avance junto con los otros tres soldados abatidos. No se preocuparon mucho de su sepultura. Tal era la rabia que habían acumulado hacia aquellos malparidos que los dejaron allí donde habían caído, expuestos a los carroñeros.

El otro trabajo pendiente resultó más duro, arduo, de mal digerir. Entre todos, utilizaron sus herramientas para dar una sepultura tan digna como fue posible al cuerpo sin vida de su compañero. Unas piedras acabaron puestas en fila improvisando un lugar para su descanso eterno.

Federico no abrió la boca durante muchos días. Con la mirada perdida, se limitaba a llevar a cabo las tareas que les iban llegando a los zapadores, siempre con desconfianza sobre cualquier desconocido que encontraran, empuñando rápidamente el arma ante cualquier imprevisto.

El tiempo iba pasando y avanzado noviembre recibieron la orden de replegarse hacia Lasieso, montaña abajo. La noticia que les había transmitido Sorribas los alegró. Por un lado, el otoño iba avanzando implacablemente y en aquellas montañas las noches eran cada vez más frías y los días más cortos. Por otro, llevaban unas semanas sin un solo día que les perdonara mojarlos con una intensa lluvia de tarde, que invariablemente descargaban unas nubes que aparecían de repente detrás de las cumbres, como si se tratara de una conspiración. Quieras o no, esa pertinacia de la naturaleza de ir a su bola les provocaba agotamiento físico y mental.

La primera etapa de la retirada de las montañas que los habían acogido y a la vez maltratado aquellos últimos meses consistía en acudir a los cuarteles que centralizaban los movimientos militares pirenaicos: de nuevo volverían a Boltaña.

Pese a la proximidad de la villa a la que se dirigían, se trataba de un tráfico incómodo. La presión del ejército sublevado sobre la población era más y más insistente. Hasta entonces, lo habían vivido un poco de refilón. A pesar de que la distancia a sus recientes emplazamientos era relativamente corta, el hecho de que los atacantes valoraran tomar los pueblos con más habitantes por encima de ubicaciones más aisladas y estratégicas había mantenido al grupo de zapadores un tanto al margen de enfrentamientos intensos, aparte de los antes relatados.

Corría la segunda quincena de noviembre cuando encontraron una Boltaña bastante más malograda que la última vez que la habían visitado. Restos de ataques eran evidentes aquí y allí, y las fortificaciones y lugares de defensa se habían multiplicado. El hospital del doctor Nogueras apenas podía atender a todos los heridos. La situación era de presión máxima y la tensión se palpaba por todas partes. En la salida del pueblo, dirección Aínsa, en un lugar llamado Campo de Sanchón, se empezaba a instaurar un cementerio que se iba poblando a buen ritmo. Sorribas —¿cómo sabía este tipo tantas cosas?— les advirtió sobre otro peligro: las enfermedades venéreas se esparcían sin control y provocaban un gran número de bajas entre los militares. Tanto era el peligro que los pocos responsables de Sanidad que visitaban las casas de lenocinio y auditaban la salubridad de soldados y milicianos informaron de que los contagios de venéreas se estaban convirtiendo en un problema gravísimo, por lo cual propusieron el cierre de los burdeles y el despido de sus trabajadoras mientras durara la guerra. En realidad, para la población civil esta denigrante actividad se había convertido en fuente de manutención de bastantes familias en aquellos pueblos y ciudades llenos de jóvenes cargados de hormonas y sin contacto físico con sus parejas.

La guerra, pues, presentaba muchos más escenarios de batalla que los frentes contra los fascistas: a los ya conocidos piojos, la sarna y el hambre —que a la vez producía una alimentación desequilibrada que, de rebote, provocaba frecuentes diarreas—, ahora se añadían enfermedades provocadas por estas insalubres prácticas sexuales. Al fin y al cabo, todas estas causas, añadiendo los frecuentes accidentes cotidianos provocados por la carencia de descanso y unos cuantos suicidios, sumaban un número importante de bajas en las filas de ambos bandos.

En Boltaña, reencuentros. Muchas caras conocidas iban apareciendo por el pueblo, que infaliblemente producían saludos y pequeñas conversaciones sobre las peripecias vividas. Uno de esos encuentros fue con su cuñado Ton, hermano de Tereseta, que casualmente había recibido carta de Jorba aquella misma mañana. En reacción al comentario de Federico de su intención de intentar comunicarse también con Jorba los próximos días, en cuanto encontrara dónde escribir, le consiguió una desgastada hoja de papel que le serviría para ese menester.

El otro reencuentro también fue emotivo. A pesar de que Federico interiormente había imaginado que sus caminos se volverían a cruzar, no había querido hacerse ilusiones. Sin embargo, era inevitable que tuviera en el corazón el reencuentro con su amigo de Vallbona. Se produjo en la cola del rancho y fue Florenci quien fue a su encuentro. Desde el momento en el que se había visto obligado a despedirse para siempre de Xano, no había vuelto a llorar tanto. Dos hombres abrazados, con los ojos anegados por las lágrimas. No hicieron falta explicaciones. De una manera u otra, el episodio que había puesto fin a la vida de su amigo de l'Espelt era conocido por Florenci. Al saber la triste noticia, su máxima aspiración fue comprobar cómo estaba el tercero de los componentes del trío que había salido de la comarca de l'Anoia.

Pasada la fraternidad del amistoso encuentro, la conversación fluyó durante horas. Detalles de sus peripecias, lugares que habían visitado, circunstancias que habían vivido… Inexplicablemente para Federico,

Florenci parecía saber mucho más de su periplo de lo que se imaginaba. Estaba claro que el hecho de estar en la rama de información del ejército le daba conocimientos poderosos. «Quizás no estamos tan olvidados de la mano de Dios como creemos y realmente nuestros movimientos se controlan», interiorizó Federico. En aquella animada conversación fue cuando escuchó por primera vez hablar de la ciudad que tenía que ser su inmediato referente: Teruel.

Florenci le intentó explicar que los mandos empezaban a despreciar el control de las ubicaciones de montaña como las que hasta ese momento ellos defendían. «¡Qué novedad!», pensó Federico. Según esa estrategia, el nuevo objetivo sería controlar los cauces de comunicación y, sobre todo, las capitales de provincia. Bien es verdad que, para un hombre de pueblo con escasos conocimientos de geografía, Teruel parecía importante. Imaginaba que debían hablar de una ciudad como Barcelona, que tanto le había impresionado en su primera y única visita, al principio de su reclutamiento. Por las explicaciones de su amigo, que trabajaba codo con codo con los altos mandos, algo muy gordo se estaba cociendo en Teruel. Aparentemente, quien controlara esa ciudad, que él no sabía ni ubicar sobre un mapa, dispondría de un gran control sobre media península, sin contar con el agravio moral que significaría para los fascistas perder un icono de la sublevación. Federico solo entendía la mitad de las cosas que su entusiasmado

128

amigo le explicaba. Al final, él era un simple albañil —
¡zapador!, le corregía su amigo— que hacía meses que iba
aquí y allí, donde le mandaban, y su sencilla aspiración era
continuar haciéndolo y volver a casa cuando todo aquel
follón llegara a su final.

No se alargaría mucho el cruce de sus vidas, puesto que
Florenci tenía previsto partir al día siguiente,
acompañado de su inseparable Artís, precisamente hacia
Teruel. Puesto que los dos estaban libres de servicio
aquella tarde, compartieron unos tragos de coñac y
amistosos recuerdos hasta que, llegada la noche, se
despidieron hasta otra.

A la mañana siguiente, los temores que albergaban de
que les tocara quedarse muchos días más en Boltaña se
desvanecieron. No les apetecía nada permanecer en una
villa que era atacada tan a menudo. Cuando menos, la
orden de ir tirando hacia Lasieso de forma inmediata les
cayó a las mil maravillas. No era ni media mañana cuando
ya tenían cargadas sus herramientas y pertenencias en el
camión de turno y se ponían en marcha montaña abajo.
De nuevo, su chófer era extranjero. A todos ellos les
parecía sorprendente que aquellos hombres que venían
de países donde, en principio, reinaba la paz decidieran
trasladar sus vehículos y sus vidas para ayudar a los
habitantes de un país vecino.

Al llegar a Lasieso, Federico escribió la que entonces
ignoraba sería la última carta que llegaría hasta Jorba:

Teresa Marimón
Lasiesa 20-11-37

Apresiada espose el mobiu
de escribirte estas cuatro
palabras espara decirte
que estoy bien de salud
tal com de seibzu abu y
la nena el rrebie a questa
carte
Teresa te escrito esta
carba y no eresibido de
tuya pero bamos esygual
es las 10 de la mañana que
se guramente que la barde ben
den carbatuja, y sinobe con
besto no-a gescaso, y a te espli
care el por que, que a ierla
no-che el, Cumisario de la
Compañia ens baerida ij ens
badi que si el fascistas

130

estaban quiets, Te buy
a Lema niriam à Tes cansa
la rraba guardia pro no
saben el pun que miren,
cuan usebren ya bues
criuren o eebefonaren
con mes pronta millo y si
ens beninabeura à bere si
pen se reu em nusaltres a
bera si canbiaras Ten presion
Res mes per questa es Tes
padeix el beu marit que ban
pensa embu y la mena y que
es apresio, y Teras recrobs
els beus pares Te parmera y el
Ton y la Marse, y a Cal esbrud
y Els Brobnis Salud
Frederich Canteller

a ques full Te pape ens
el embiad el Ton y la profilen
pertu

131

Teresa Marimon

Lasieso 20-11-37

Apreciada esposa, el motivo de escribir estas cuatro palabras es para decirte que estoy bien de salud, tal y como deseo a ti y a la niña al recibir esta carta.

Teresa te escribo esta carta y no he recibido ninguna tuya, pero es igual, son las 10 de la mañana, y seguramente por la tarde tendré carta tuya, y si no te contesto no hagas caso, ya te explicaré el porqué, que ayer noche, el Comisario de la Compañía nos llamó y nos dijo que si los fascistas estaban quietos, de hoy a mañana, iremos a descansar la retaguardia, pero no sabemos el punto que miran.

Cuando lo sepamos ya te escribiré o te telefonearé cuanto antes mejor y si nos venís a ver, a ver si pensáis en nosotros, a ver si cambiarás de impresiones.

Nada más, por esta se despide tu marido que tanto piensa en ti y en la niña y que os aprecio. Y darás recuerdos a tus padres de parte mía y al Ton y la Merced, y a can el Estruch.

Salud   *Federicu Centellas

Esta hoja de papel me la ha dado Ton y la aprovecho para ti.

Con la Sierra de Guara delante, la estancia en Lasieso resultó ser un calco de la que habían pasado en Grañén. Un lugar que, si no fuera por las circunstancias, hubiera sido incluso acogedor. Apartando la mirada de la sierra, el río Gállego corría muy cerca y los suministros llegaban de manera bastante regular desde Huesca para mantener armado a un ejército que, después de los fenomenales ataques de su 27.ª División —a la que ellos mismos pertenecían—, había barrido de la zona a los sublevados, consiguiendo incluso en varios emplazamientos hacerse con el armamento que estos dejaban atrás en su retirada.

Como siempre, los mandos no decían toda la verdad. La propaganda —que se aseguraban al máximo de que se esparciera bien por toda la tropa— obviaba el hecho de que los fascistas les estaban haciendo frente. La ofensiva para tomar la próxima población de Sabiñánigo había fracasado. También omitían el detalle de que, después de la llegada de refuerzos del bando sublevado, formados por abundantes legionarios y artillería pesada, el equilibrio era exasperante para ambos bandos. Los datos que la máquina de propaganda del ejército republicano se esmeraba mucho en esconder eran, por ejemplo, que el número de bajas en aquella campaña ya se calculaba en unas 2500 para el bando franquista y 3500 para el republicano.

Mantener alta la moral les estaba resultando muy difícil, puesto que las noticias que corrían por rumbos extraoficiales eran contradictorias con las que propagaban los agentes de información. De vez en cuando, un cuchicheo corría de boca a oreja y las caras se volvían serias. El inicio del invierno estaba resultando ser desastroso para los republicanos. Estas filtraciones de información, la proximidad de las líneas enemigas y los panfletos que esporádicamente caían del cielo con mensajes incitantes a las deserciones, que contenían promesas tan básicas como que en el bando franquista no les faltaba el tabaco y no pasaban hambre, provocaban ocasionales actos de traición en los que soldados hartos del pan que se daba —mejor dicho, del que no se daba— acababan tragándose esos cantos de sirena y, amparados por la oscuridad, se pasaban al otro bando.

Pasaron un par de semanas de continuos enfrentamientos, pelotones y trifulcas. Entre una y otra, los zapadores tenían que reconstruir fortificaciones, básicamente llenando y apilando sacos y más sacos de arena. Fueron unas jornadas agotadoras, de poco dormir, mucho trabajar y disparar de lo lindo. Mientras tanto, los informadores se esforzaban en hacer correr abundantes hojas de diario donde se iba divulgando la aparentemente colosal presión a que el legítimo ejército de la República estaba sometiendo a la ciudad enseña para los rebeldes, Teruel [16].

No se sorprendieron, pues, cuando les llegó la orden de que todos los componentes de la 123.ª Brigada Mixta bajasen inmediatamente hacia el Bajo Aragón. Hacía frío, mucho frío. No existía equipamiento que los pudiera abrigar de unas temperaturas extraordinariamente bajas para el comienzo del invierno. Estaban ante una de las estaciones más frías de los últimos años. Todavía no había llegado la Navidad y ya les habían caído encima cuatro fuertes nevadas, que habían convertido el paisaje en una continua monotonía blanca. Todo el terreno estaba cubierto por una capa de nieve que, al pasar los días, se iba haciendo más gruesa y que, fruto de las bajas temperaturas, se iba endureciendo cada día más. Los hombres se defendían de este nuevo enemigo sobreponiéndose capas de ropa, muchas veces hurtadas a compañeros o enemigos muertos.

La mayoría habían incorporado a su vestuario diurno la manta que utilizaban para dormir, que usaban a modo de capa; a pesar de que les restaba movilidad, los ayudaba a mantener un mínimo calor corporal. Las manos y los pies eran otra cosa. Los que habían conseguido botas, como Federico, que seguía calzando las del hombre muerto en el enfrentamiento del Morillo, se metían todos los calcetines que tenían dentro del calzado, pero había muchos soldados que continuaban andando con alpargatas y sufrían de lo lindo los sabañones que les producía el hecho de tener los pies permanentemente fríos y mojados. Esto provocó que la búsqueda de fuego para calentarse dentro de las casas de los pueblos fuese usada frecuentemente por parte de los enemigos para tenderles trampas. Las manos también eran un grave impedimento. Tenerlas permanentemente heladas les impedía la correcta manipulación de las armas y el ingenio comunal llevó a que muchos de ellos se fabricaran improvisadas manoplas utilizando lo que tenían más a mano, fueran trapos o bien restos de mantas rotas.

Saber que abandonarían aquel inhóspito lugar los alegró relativamente. Irían a una zona de intensos combates, pero, según les habían vendido, Teruel estaba a punto de caer en poder de su ejército y pintaba que les sería fácil conservar el control. Además, no podía hacer más frío que allí donde estaban. Las comarcas pirenaicas eran gélidas, ya lo sabían, y bajar hacia el sur les hacía prever que la climatología sería más benévola. Ignoraban que se enfrentaban a uno de los inviernos más duros que se recordaban y que la zona de Teruel era tanto o más fría que la que dejaban atrás. De hecho, las temperaturas continuarían bajando de forma continuada durante las siguientes semanas.

Corría la segunda quincena de diciembre cuando una importante caravana de camiones, muchos de ellos con remolques que transportaban artillería, iniciaba un camino que se preveía complicado. En el caso del grupo de zapadores, volvían a contar con el rugidor camión del extranjero con quien ya habían viajado con anterioridad. Sorribas, que continuaba teniendo información privilegiada, los previno de que el camino sería largo. No podrían utilizar la vía más rápida, que pasaba por Zaragoza, porque la carretera y la línea ferroviaria estaban bajo control enemigo. Por esta razón, la ruta sería por carreteras secundarias, bajando hasta Fraga, para encarar posteriormente Mequinenza, Caspe y Alcañiz, donde girarían dirección Calanda para, finalmente, al llegar a Utrillas, encarar el camino derecho con dirección a Teruel. Avisados estaban; aquel viaje sería largo, frío y peligroso.

Desde que Sorribas le había salvado la vida en aquel desgraciado altercado que había puesto fin a la existencia de Xano, Federico había estado intentando acercarse más al solitario y huraño hombre que no hablaba nunca. Poco a poco, fue consiguiendo sonsacarle pequeñas frases, que con el tiempo se convirtieron en conversaciones. Sorribas le iba tomando confianza, a pesar de que no era nada sociable, y pasado un tiempo los dos hombres conversaban a menudo. En de una de estas conversaciones, Federico descubrió que realmente Sorribas no era topógrafo, sino tan solo un tipo espabilado con pasión por el excursionismo y por la lectura. Gracias a esto sabía interpretar mapas y calcular distancias de forma rudimentaria, pero efectiva. La verdadera razón que le había situado al frente del grupo de zapadores era familiar: su hermana era la mujer de Pancho Villa. Era un protegido, un tipo que solo aspiraba a pasar aquel trance lo mejor y más rápido posible. Al fin y al cabo, era igual que todos los demás.

Esta posición de favoritismo provocaba que su figura fuera relativamente respetada entre los mandos medios, que conocían su privilegiada condición. A pesar de no tener grado ni siquiera de caporal, tenía la potestad de dirigir el grupo de zapadores con relativa autonomía. Bien es verdad que a la pandilla, hasta entonces, tampoco le había parecido mal. Lo único que los tambaleaba era que el tipo fuera tan holgazán. Nunca había colaborado con ellos en ningún trabajo manual, no fuera que se cansara. De todas maneras, desde el día en el que se había plantado derecho como un poste ante el verdugo de Federico y, sin pensárselo, le había volado la masa encefálica, se había ganado el respeto de aquel grupo de hombres. Federico se guardó mucho de compartir estas confidencias con el resto de la pandilla. Si estaba construyendo una amistad con aquel hombre, no sería él quien la traicionaría.

La expedición resultó mucho más compleja de lo esperado. La gran cantidad de hielo acumulado hacía que los vehículos se salieran continuamente de la vía y, como eran muchos los camiones que viajaban seguidos, cuando no era uno, era otro el que se salía del camino y hacía parar la comitiva. Al ir pasando los kilómetros, la distancia entre los vehículos se fue espaciando y cada tartana quedó a su suerte, siguiendo las roderas que desvelaban el continuo serpentear del camino. Lo peor llegaba por la noche. Aquel extranjero que les hacía de chófer parecía tener bastante con dormir un par de horas y el resto continuaban avanzando kilómetros, siguiendo la ruta que les habían marcado. En una salida de vía, que acabó con el camión peligrosamente inclinado, Federico vio de reojo que la realidad era que se estaban relevando al volante el extranjero y Sorribas, que tenía el privilegio de viajar dentro de la cabina. Este episodio sucedió, aparentemente, porque Sorribas se durmió al volante y se salió de la pista dejando el camión dentro de unas viñas heladas. El extranjero gritaba, decía pestes y recriminaba a Sorribas su despiste con un castellano mezclado con palabras incomprensibles que todos entendieron de pe a pa.

Ayudados por otro camión que apareció pasado un rato, finalmente consiguieron devolver a la carretera su vehículo y continuar el camino, de nuevo con el chófer titular al volante. Sin duda, ¡no dejaría conducir más al torpe copiloto! Desde aquella contrariedad, el propietario del camión decidió buscar cada noche un lugar resguardado para que todos pudiesen dormir unas horas tranquilamente.

De todas maneras, dormir tranquilamente era una quimera. Utilizaban casas y granjas aisladas donde poder hacer fuego y siempre se tenían que quedar dos hombres haciendo de centinelas, los cuales eran relevados cada dos horas. El agotamiento se iba instalando entre ellos; tan duro era el viaje y las continuas incidencias que iban sufriendo. La dieta se vertebraba alrededor de las latas que viajaban con ellos dentro de unas cajas de madera. Iban racionando también el contenido de otros baúles, que contenían botellas de un vino rancio que en tiempo de paz hubieran tirado en la reguera, pero que en aquel momento era una delicia sentir como bajaba esófago abajo, calentando el cuerpo por donde pasaba.

De las cajas de madera que transportaban en la parte delantera de aquella especie de ataúd con ruedas, las que más les preocupaba mantener intactas eran las que transportaban el alimento: unas cajas con latas, otras con alcohol y una de leche condensada. Sin embargo, había otras cajas que según las órdenes eran las más importantes: las que contenían munición. Si les hubieran hecho elegir entre qué tenían que perder por el camino, ninguno de ellos habría dudado ni un momento.

Cuatro días de viaje los habían llevado hasta Montalbán. Sería allí donde encontrarían refugio una noche más. Decidieron hacer noche en una casucha aparentemente abandonada a pocos metros del cruce que llevaba a Caminreal, donde se desviarían hacia la izquierda, tomando la blanca carretera que se dirigía hacia Utrillas y, unos setenta kilómetros más allá, Teruel.

Aquella noche tuvieron visita. Estaban Federico y un compañero, al que llamaban el Manresano por su origen, haciendo su guardia cuando, alrededor de las tres de la madrugada, fueron relevados. La silenciosa paz que se respiraba los hizo confiar y, al dirigirse unos metros más allá de la casa para relajar el esfínter antes de dormir un rato, fueron abordados por dos soldados enemigos, que los encontraron indefensos y desarmados. Los hicieron prisioneros en el acto, sin que pudieran ejercer ningún tipo de resistencia. Atados de manos y en silencio absoluto, los empujaron hasta un coche negro que tenían escondido a unos metros de allí. Por los cuchicheos que pudieron escuchar, concluyeron que los fascistas creían que habían capturado a soldados que les podrían dar valiosas informaciones sobre los movimientos republicanos y que serían premiados por su eficiencia. «¡Imbéciles! Pero ¡si prácticamente no sabemos dónde nos llevan!».

Atados de manos, sentados en la parte trasera de aquel coche, que resultó ser mucho más confortable que la vieja tartana que los transportaba hasta aquel momento —¡aquel vehículo al menos tenía ventanillas!— recorrieron un tramo de carretera dirección a Caminreal.

Pasados unos seis cuartos, cuando ya llegaban a lo alto de la subida a Puerto Mínguez, un humo blanco y espeso empezó a brotar del motor del coche. Rápidamente, los dos secuestradores bajaron. Al abrir las tapas del capó, el humo se hizo mucho más espeso, rodeando por unos minutos todo el vehículo e impidiendo la visión. Federico recibió un golpe en el brazo; era su compañero, que lo acuciaba para que le diera la espalda. El hombre llevaba escondida una navaja y ya había cortado las cuerdas que le fijaban las manos a la espalda. En ese momento, se proponía hacer lo mismo con las de Federico. Cortaba bien aquel cuchillo y, visto y no visto, se situaron fuera de la humeante carraca y corrieron hacia el norte para esconderse de sus raptores.

En la derecha de la carretera, a pocos metros del lugar del incidente, se agazaparon detrás de una especie de almacén prácticamente en escombros y esperaron a que fueran a por ellos. Armados tan solo con el cuchillo y un palo, esperaban que la pareja de fascistas se acercase al que estaban seguros de que deducirían que era su refugio. No fue así. Abrigados por aquellos escombros, podían oír perfectamente los gritos que los dos hombres se dirigían el uno al otro. Ninguno de los dos se quería arriesgar a recobrar sus presas. La oscuridad del lugar y la carencia de factor sorpresa les hacía prever que caerían fácilmente en una trampa. Agachados en la oscuridad, comprobaron como los hombres enfriaban el motor con nieve y rellenaban el radiador deshaciendo el blanco elemento hasta que, finalmente, decidieron intentar seguir adelante, puesto que venía bajada. Las luces se alejaron cuesta abajo y Federico y el Manresano pudieron respirar. ¡Volvían a ser libres!

Sin embargo, la paz les duró poco. Un ruido sordo llegó por sus espaldas. Sorprendidos y temblando, se dirigieron hacia el otro lado de la edificación. Evidentemente, no estaba tan deshabitada como creían en un principio. Al girar al fondo, se evidenció la procedencia de los ruidos: se trataba de dos mulas que habitaban un cubierto adyacente. El hecho de que aquellos animales estuvieran allí encerrados hacía obvio que alguien vivía en aquel lugar.

La puerta trasera estaba en buen estado. Evidentemente, aquella construcción, que desde la carretera parecía unos escombros y que todo el mundo debía de pasar de largo, escondía una zona habitable. De repente, un cañón los apuntó. Una mujer de edad avanzada sostenía con poca habilidad una escopeta enorme, que contrastaba con su aparente fragilidad. Al ver que se trataba de dos hombres solos y desarmados, que no parecían tener intenciones más allá de calentarse, los dejó entrar en la casa. Dentro, todas las paredes negras de humo. Un caldero colgaba sobre unos troncos que calentaban un aposento donde apareció otra mujer más joven, que compartía facciones con la vieja. Madre e hija malvivían en el interior de lo que había sido su hogar, que había sufrido enfrentamientos y saqueos desde que el hombre de la casa, el marido de la joven, había sido obligado a incorporarse por la fuerza y a regañadientes al autodenominado Ejército Nacional. ¡Estaban en territorio enemigo!

Un rato de calentamiento y enseguida se plantearon qué hacer. De inicio, salieron a explorar la situación de los alrededores. Como estaban en la cima del puerto, la vista a una vertiente y la otra era magnífica. La ausencia de nubes y la blancura del terreno hacían que la noche pareciera iluminada por un extraño fulgor, que provocaba que lo único negro fuera el cielo. Al observar dirección oeste desde la cumbre del puerto, una gran hilera de luces los sorprendió. Estaba claro que se trataba de la carretera nacional, la misma que habían procurado evitar y también la que deberían controlar más adelante, cuando llegaran a su destino. Pero en aquel momento el tráfico era estremecedor. Centenares de luces titilaban siguiendo la línea de la arteria. ¡El número de vehículos que se dirigían hacia Teruel era inaudito! Era evidente que los fascistas se habían propuesto defender a capa y espada Teruel y estaban trasladando un número alucinante de tropas en dirección a la capital del Bajo Aragón.

Al volver a la casa, el Manresano y Federico se apartaron para decidir sus siguientes pasos. El Manresano era un hombre de iniciativa y decidió por los dos que debían intentar reunirse con su grupo antes de que despuntara el alba. Cuchicheó a su compañero que, cuando saliera de la casa, esperara cinco minutos y fuera tras él. Así lo hicieron. Bebían un café infecto, pero muy caliente, hecho con agua del caldero que colgaba sobre el fuego, cuando el Manresano dijo que salía a hacer sus necesidades. Unos minutos más tarde, Federico se excusaba ante sus improvisadas anfitrionas y salía también al exterior. Un vistazo fue suficiente para entender lo que pretendía el Manresano: a la derecha del camino, ya tenía las dos mulas ensilladas y él mismo le esperaba sentado sobre una de ellas. Robarían los animales a aquellas mujeres que los habían acogido. Pero ¿tenían opción? Federico no se lo pensó mucho, saltó sobre la otra mula y, a toda la velocidad que permitían los animales y el suelo deslizante, se encaminaron puerto abajo, deshaciendo el camino que un rato antes habían recorrido como rehenes. Ahora trotaban en sentido contrario, girando la cabeza de vez en cuando para ver si las mujeres de la casa se habían dado cuenta del robo de sus animales.

No se escuchaba nada detrás suyo y los animales seguían de forma inteligente las roderas en la nieve. No llevaban una gran velocidad, pero cuando ya empezaba a verse claridad en el horizonte, de nuevo encararon el camino que llevaba a la casa, origen de su aventura nocturna. El par que hacían guardia los recibieron.

—¿Dónde puñetas os habíais metido? Y ¿de dónde habéis sacado estas mulas? —No daba la impresión de que los hubieran buscado mucho.

Fuera de la casa, un segundo camión descansaba junto al suyo. Dentro debía de haber sarao, porque desde el exterior se sentían gritos, incluso les pareció que alguien cantaba. Al entrar, como si no hubiera pasado nada, vieron que otro grupo de soldados se había añadido al suyo. Sorribas, como siempre la voz cantante, se giró hacia los recién llegados y les pregonó:

—¡Teruel es nuestra!

La noticia que habían traído los compañeros del otro camión era una inyección de moral para todos aquellos hombres y, por unos momentos, hizo olvidar a aquel par lo que les había acontecido. Bajada la efervescencia del momento, el Manresano empezó a relatar su reciente secuestro y su fuga. Había sido tan breve y nocturna que ninguno de sus compañeros podía creer lo que explicaban. Era cierto que algunos habían visto sus armas apoyadas junto a la puerta, pero todos imaginaron que sus tripas les estaban haciendo pasar una mala noche.

Lo que más impresionó a todos los soldados fue el relato de la panorámica de la carretera nacional que habían disfrutado desde Puerto Mínguez. La interminable hilera de luces que recorría la vía principal era aviso inequívoco de que los golpistas no darían Teruel por perdida fácilmente y de que la resistencia sería durísima.

Una de las estrategias que no se ha llegado nunca a confirmar es que los sublevados utilizaban largas tiras de bombillas que extendían por tramos visibles de la carretera, encendiéndolas intermitentemente, para que vistas de lejos dieran la impresión de que se movían gran cantidad de tropas. Algunos republicanos, los cuales siempre que podían realizaban los movimientos nocturnos sin luces, precisamente para no delatar sus posiciones, dudaban de que en realidad aquellos larguísimos convoyes delataran sus movimientos de forma tan descarada y sostenían que se trataba de una argucia. De todas maneras, la realidad no la podían corroborar, al menos de momento.

Tenían que retomar el camino. Después de permitir que los dos protagonistas de la noche entraran en calor cerca del fuego, el pequeño convoy inició de nuevo su viaje. Fuera, las dos mulas no estaban, nadie las había atado. Las huellas revelaban que habían deshecho el camino. «¡Ojalá vuelvan por ellas mismas con sus propietarias!». Federico no podía evitar tener remordimientos por el hurto que habían perpetrado a las inocentes ocupantes de la casa de la cima del puerto.

Por seguridad, decidieron separar unos minutos a los dos camiones y el otro inició primero el camino que los tenía que llevar hasta su siguiente parada, Argente.

Dejando de lado el intenso frío que parecía no tener piedad, esta última etapa no tuvo muchas trabas. El suelo estaba cada vez más blanco y helado y de ninguna fuente de las que iban encontrando manaba agua, todas estaban congeladas. Tenían que adaptar la velocidad a la peligrosidad del terreno, que se había convertido en una pista deslizante, y el blanco omnipresente hacía difícil para los conductores identificar los márgenes del camino. El cielo estaba casi tan blanco como el suelo, haciendo de todo lo que los rodeaba una pálida amalgama de formas fantasmagóricas y horizontes desdibujados.

Argente y sus alrededores resultaron sorprendentes. La población había resistido el intento inicial de revuelta, que encontró una fuerte reacción en toda la cuenca minera, provocando que aquellas poblaciones con importante fuerza de movimientos sindicalistas se resistieran a la ocupación inicial. Aun así, se habían sucedido continuas escaramuzas sin más consecuencias, puesto que, en realidad, eran poblaciones de bajo interés para un bando y el otro. En general, la comarca del Jiloca[17] no fue un enclave estratégico, al menos hasta los inicios de 1938.

Antes, al pasar por la vecina localidad de Montalbán, habían visto un panorama similar al que les había sorprendido en sus primeros días de militares en Manresa: las iglesias parroquiales habían sido saqueadas, quemados todos sus altares y destinadas a cocinas, reuniones e incluso a bailes. Estos saqueos por parte de los sindicalistas, sobre todo aquello que tuviera que ver con la religión, no llegaba al entendimiento de aquellos campesinos catalanes que convivían en tiempos de paz con sus curas como unos vecinos más. De hecho, como profesional de la construcción, Federico había hecho algunos parches en la vicaría y en la misma iglesia, que no había osado cobrar al cura —en realidad, aquel nunca se había ofrecido a pagar—, pero eran temas que todo el mundo tenía ya interiorizados.

Próximo al pequeño núcleo, se levantaba un cerro con una pequeña iglesia románica en la cima, conocida como Santa Quiteria. Era un magnífico observatorio, desde donde se oteaba hasta Tardienta por un lado y la carretera nacional por el otro. Dominar Santa Quiteria se convertía en una cuestión casi de supervivencia para ambos bandos contendientes.

Puesto que se tenían que dirigir a las posiciones que les habían asignado, en la ya próxima Sierra Palomera, y la reunificación provocaba que el número de vehículos, remolques con cañones y soldados fuera muy importante, Sorribas hizo valer de nuevo su capacidad de interpretación de los mapas. Después de una acalorada discusión con un puñado de sargentos que no lo veían claro, la tropa acabó rodeando la sierra para evitar las zonas más peligrosas. Como vía de acceso bajo control republicano se conservaba una vereda que, partiendo de Aguatón, se adentraba hacia el sur en Sierra Palomera, llegando hasta la ermita de Nuestra Señora del Castillo, desde donde solo tendrían que bordear la falda de la sierra para llegar a la vertiente bajo el Pilón, donde les habían indicado que se tenían que atrincherar juntas las 122.ª, 123.ª y 124.ª Brigadas Mixtas y esperar órdenes. Para Sorribas, estas instrucciones parecían muy claras y todos los componentes del numeroso pelotón no tuvieron más remedio que creer sus indicaciones.

Ya era Navidad y toda aquella muchedumbre de hombres la vivirían como nunca habrían imaginado. Sin sus familias, lejos de casa, sin un techo fijo donde resguardarse y con unos compañeros sobre los cuales estaba cayendo un velo de añoranza tan espeso y plomizo como la nieve y el frío que los rodeaba. A pesar de que nada invitaba a celebraciones, algún compañero aragonés entonaba al anochecer villancicos que los catalanes no conocían y la magia de la Navidad hacía que las cajas que contenían botellas de brebajes alcohólicos fueran brotando de la nada con constancia, aunque con cuentagotas. ¡Qué bien iban aquellos tragos! Habían repartido salarios y a las diez pesetas semanales —que se caracterizaban por la irregularidad con la que llegaban, sin derecho a atrasos— se sumaron diez más como aguinaldo. No es que les hiciera mucha ilusión este inesperado obsequio, puesto que, aparte de conseguir tabaco, las ocasiones de comer algo decente en alguna casa en los pueblos por los que iban pasando eran cada vez más excepcionales.

La Navidad y el fin de año de 1937 resultaron ser los más fríos durante décadas, registrándose en la zona de Teruel temperaturas de hasta veinte grados bajo cero[18]. A la frialdad de una Navidad lejos de casa se añadía aquella meteorología que se estaba empecinando en hacerles la vida más difícil, resultando tanto o más letal que las bombas para los soldados, tanto de un bando como del otro. Durante el avance, se repetían diariamente bajas por el frío de soldados que no iban nada bien equipados —incluso algunos todavía iban calzados con alpargatas— que no resistían y caían abatidos por la hipotermia, quedando encogidos, literalmente congelados, con un ademán que helaba todavía más a los supervivientes, como de risa y con los ojos muy abiertos. Los que continuaban viaje les improvisaban sepulturas aprovechando cualquier hoyo del terreno y seguidamente miraban adelante, intentando borrar de la mente aquellas terroríficas imágenes.

Rodear Sierra Palomera resultó pesado, mucho más enrevesado de lo que Sorribas había previsto. Llegar hasta la ermita les llevó una semana entera andando, puesto que los camiones los habían abandonado en Aguatón, donde fueron sustituidos por mulas y burros como portadores de alimentos y munición. El otro grupo, integrado por chóferes y copilotos, que transportaba unos grandes cañones enganchados detrás de los camiones y el resto de los vehículos con las cargas más pesadas, decidió intentar llegar al frente cercando la sierra por el este. Probarían usando una circunvalación de la montaña que los haría pasar por lugares con mejores carreteras, como por ejemplo Camañas, lo que les permitiría llegar con su importante carga allí donde más la necesitaban.

Durante la dura travesía que los hizo circunvalar la base de Sierra Palomera, el ingenio de algunos hombres hizo surgir una curiosa forma de dormir calientes. Cada jornada, cuando empezaba a caer la tarde, se hacía imperioso buscar refugio. En muchas ocasiones, se trataba de las llamadas parideras, pequeñas construcciones que hasta hacía poco utilizaban los ganaderos y que ahora les servían de resguardo a los hombres y a los animales que los acompañaban. A pesar de encontrar cubierto, las noches eran largas y gélidas, así que corrió entre los soldados la práctica que denominaron «coserse un pijama». Lo decían en catalán, puesto que la reunificación de casi la totalidad de la 123.ª Brigada Mixta había puesto de manifiesto que prácticamente todos en ella eran catalanes o extranjeros. «Coserse un pijama» era tarea fácil. Empleando dos o tres sacos de arpillera, dependiendo del tamaño de estos, los hombres se fabricaban una suerte de mortaja que, llegado el momento de dormir, se estrechaban por encima de toda la ropa para yacer dentro de las humeantes montañas de estiércol que les daban calor durante las noches. Una vez pasada la primera y asquerosa impresión, cuando el olfato conseguía inmunizarse a la pestilencia del desagradable lecho, los cansadísimos soldados conseguían por fin coger el sueño y resistir sin congelarse hasta la madrugada. Al levantarse por la mañana, el resultado era que el pijama había vallado el paso de las malolientes montañas de abono a la ropa de día, al menos en teoría... A la postre, a toda aquella tropa sometida a temperaturas bajísimas, y sin lugar donde acicalarse desde hacía semanas, ya no le importaba lo más mínimo apestar más o menos.

Era el 20 de enero de 1938 cuando ocuparon sus posiciones en una larga fila de trincheras que serpenteaba, siguiendo Sierra Palomera, desde la zona próxima a la ermita de Nuestra Señora del Castillo de Aguatón hasta pasado el collado del Pilón. Un buen puñado de kilómetros de refugios, nidos de ametralladora y trincheras; sin contar con los observatorios, unos balcones privilegiados desde donde se dirigirían las operaciones cuando todo estuviera en su lugar y preparado para el ataque.

Dentro de uno de esos observatorios, en lo alto del Pilón, tenía el destino su amigo Florenci. Se volvían a encontrar, a pesar de que fue tan solo por unos breves minutos, cuando su amigo bajó a saludarlo. Después, regresó rápidamente a su posición junto al teniente coronel Artís.

Le hizo un pequeño resumen de lo que preparaban: al fondo, delante suyo, podían ver dos montículos, que nombró Los Cabezos. Estaba el Cabezo Alto y el Cabezo Bajo. «¡Adivina cuál es cuál!», bromeó. A la derecha de Los Cabezos se avistaba un pequeño pueblo.

—Aquello es Singra. Las 122.ª y 123.ª Brigadas Mixtas tendréis que tomar esas posiciones; son esenciales para controlar el tráfico por la carretera de Zaragoza y la vía férrea que hay detrás. Al controlar todo esto, los fascistas perderán cualquier remota posibilidad de intentar recuperar Teruel. La 122.ª atacará por la derecha; directos al cementerio y después ocuparán el pueblo. Vosotros, los de la 123.ª, tomaréis las posiciones que tienen instaladas en Los Cabezos.

Explicado así, parecía incluso posible, pero mientras Florenci hablaba, la mirada de Federico se perdía entre la inmensidad de la planicie que separaba su posición de sus objetivos. Calculó cuatro o cinco kilómetros, como mínimo, de extensión de terreno prácticamente plano, casi sin árboles ni accidentes geográficos donde esconderse para su defensa. Pensar en recorrer aquella inmensidad, totalmente expuestos al fuego enemigo, le removió las tripas. Él no sabía mucho de técnicas bélicas, pero aquella misión le pareció algo equivalente a enviarlos directos al suicidio.

Durante unos días, el grupo de hombres se dedicó a preparar la operación, arreglar las trincheras, acomodar —todavía más— el observatorio de los mandos y situar el armamento que iba llegando allí donde les mandaban. Continuaban compareciendo vehículos por el costado este y cada uno de ellos se tenía que descargar, distribuir su carga y, a veces, cuando transportaba alguna defensa antiaérea o cañón de gran calibre, entre un numeroso grupo de hombres lo tenían que situar en su emplazamiento, haciéndolo correr por la montaña empujando y tirando por la fuerza bruta.

Continuaban alimentándose casi en totalidad de latas. Latas de conserva que ya no dejaban lugar a la imaginación. Cuando se agotaban los *stocks* de patatas y arroz, que permitían como mínimo adornar el menú, se comían el contenido directamente tal como salía de las latas. Carne y muchas sardinas, muchas… Demasiadas sardinas para ser la singular dieta durante muchos días seguidos.

Los mandos ya habían hecho correr las órdenes de estar preparados para el ataque. Si no había novedad, sería el día 26 de enero cuando intentarían sorprender a los habitantes de Singra y a los ocupantes de Los Cabezos. Pero, inesperadamente, el día 24 los acontecimientos se precipitaron.

A primera hora de la tarde, todavía con el sol intentando sacar la cabeza entre el cielo encapotado, se escucharon gritos seguidos de disparos, disparos que fueron a más hasta que una de las baterías empezó a descargar sus semillas de fuego sobre la llanura. Al empuñar las armas y apoyarlas sobre los umbrales de las trincheras, en un primer momento sin saber dónde apuntaban, divisaron como un jinete sobre un caballo blanco como la nieve los rodeaba y se esfumaba a una distancia que ya lo dejaba fuera del alcance de las armas ligeras. Dos explosiones de los proyectiles que salían de las baterías instaladas unos metros por encima de ellos estallaron a pocos metros del jinete, que finalmente pudo escabullirse. A toda velocidad, lo perdieron de vista cuando ya encaraba el camino del cementerio de Singra.

Todo el mundo quería saber qué había pasado y cuál era la identidad y la filiación de aquel hombre. ¿Era de los suyos o un enemigo infiltrado?

La respuesta llegó —no hay que decirlo— de parte de Sorribas: un sargento médico de la 122.ª Brigada Mixta había huido para desertar. Los compañeros del fugitivo dieron fe de que les había explicado en varias ocasiones que su familia era de Singra, el pueblo que se disponían a atacar.

La agitación revolucionó a los mandos. Toda la operación que hacía semanas que preparaban se podía ir a pique si aquel hombre conseguía llegar al pueblo y cantaba todo lo que sabía. El ambiente se podía cortar. Los gritos y las discusiones que tenían lugar en la zona de mandos eran audibles desde toda la trinchera y las líneas telefónicas que se habían instalado cableando buena parte del destacamento trabajaron de lo lindo. Finalmente, se comunicó a la tropa la decisión: el plan continuaba intacto, tal como se había previsto, pero se avanzaba un día. El día siguiente, día 25 de enero, a la salida del sol, todos los efectivos tenían que estar en estado de guerra, con sus armas y munición asignadas en perfectas condiciones y listos para llevar a cabo sus misiones.

Hasta aquel momento no les habían comunicado oficialmente cuáles serían estas misiones. A pesar de que ellos, por medio de la disertación inicial del Florenci y por el sabelotodo de Sorribas, ya estaban al corriente, el sargento en funciones les confirmó las órdenes:

—Los de la 122.ª, ya sabéis donde está el pueblo de Singra. Lo conquistaréis, someteréis la resistencia que podáis encontrar y levantaréis la bandera sobre el castillo del pueblo. Esa será la señal de que habéis completado vuestra misión. Los de la 123.ª, directos llanura adelante hasta Los Cabezos. Primero tomaréis el Cabezo Bajo, donde prevemos que encontraréis bastante resistencia. Hemos observado que disponen de un buen refugio y trincheras mirando hacia esta vertiente. Una vez tomada esta posición, desde allí tendréis una vía de acceso perfecta para atacar el Cabezo Alto, puesto que encontraréis sus defensas de espaldas. Los de la 124.ª quedaréis en la reserva, a punto para incorporaros a los flancos donde encontremos más resistencia el día siguiente al primer ataque. Al caer la noche y hacer evaluación de la situación, os comunicaremos vuestros objetivos para el día siguiente.

¡Qué suerte los de la 124ª! Quedaban resguardados por sus trincheras y refugios durante un día más. A pesar de saber que saldrían al ataque una jornada más tarde, tenían el privilegio de conocer el percal en aquel peligroso embate. Ignoraban totalmente cuán intenso sería el nivel de resistencia que encontrarían y cuáles podrían ser las consecuencias que tendrían las confidencias del desertor de aquella tarde en la defensa rebelde de aquellas posiciones. Podría ser que no hubiera llegado a tiempo de hablar con los oficiales, incluso era posible que solo quisiera esconderse con sus familiares y sus intenciones no fueran militarmente relevantes... Se resistían a pensar lo peor.

Sin embargo, en aquel momento, el desertor cantaba como el mejor de los tenores de zarzuela, entonando unas músicas afinadísimas y trasladando a los oficiales de las tropas rebeldes que defendían el lugar las intenciones de los republicanos con todo lujo de detalles. El único dato que no les pudo trasladar fue la intención de avanzar un día la ofensiva, lo que se había decidido a raíz de su fuga.

El día 25 de enero de 1938 empezó con un amanecer desmoralizante. El cielo pasó del gris nocturno a un blanco grisoso, que enviaba a los soldados un claro mensaje de que tuvieran la certeza de que un día más no verían el sol. Muchas jornadas ya de aquellas monocromáticas que se limitaban al blanco combinado con infinidad de tonos grises. Los de intendencia habían preparado unas grandes ollas de aquel infecto líquido resultante de mezclar leche condensada con más agua de la que correspondía. Al menos, aquel mejunje estaba muy caliente y templaba un poco los ánimos de aquellos jóvenes que ultimaban detalles, equipándose como hasta entonces nunca lo habían hecho. Durante aquel tenso desayuno, unos cuantos compañeros de Federico hicieron chocar sus botes para felicitarlo por su cumpleaños: aquel día, Federico cumplía veintiocho años. ¡Menudo regalo de cumpleaños, aquella misión!

El peso de la munición era considerable. Cada soldado llevaba encima el equivalente a cuatro veces las balas que le corresponderían diariamente, aparte de las granadas que les colgaban de las correas, el arma larga, otra corta y una bayoneta o una daga —no había suficientes para todo el mundo—. Todo este menaje accesorio añadía un peso importante y hacía prever que, al margen de la resistencia que encontraran, avanzar por la llanura helada no sería tarea fácil.

Estaban casi a punto de salir cuando se produjo otro hecho inesperado: a Sorribas se le disparó el arma que llevaba en el cinturón y le agujereó de forma limpia el pie derecho. Los compañeros se apresuraron a asistirlo. Mientras, él no gritaba y solo se retorcía de dolor. Su mirada se cruzó con la de Federico. Sorribas lloraba y miraba a su compañero como pidiéndole perdón. Su nuevo amigo lo entendió al instante: aquel cobarde se había disparado deliberadamente al ver que no tenía forma de evitar participar en aquella peligrosa misión. Al fin y al cabo, Sorribas era el gandul del grupo, el perezoso, el enchufado, pero su denuedo al salvar la vida de

Federico cuando el ataque de los Pirineos había hecho creer a todos que era un valiente, un líder. La realidad volvía a poner a cada cual en su lugar.

Sin delatar la intencionalidad del incidente, los de la 123.ª dejaron atrás a su compañero para que fuera atendido por los sanitarios y permaneciera impunemente en su escondrijo, mientras ellos se jugaban la vida para cumplir las órdenes.

El descenso de la vertiente hasta la llanura resultó fácil, así como los primeros metros que fueron avanzando. Era realmente impresionante contemplar como las columnas de hombres se iban abriendo, unos hacia la derecha y los otros en línea prácticamente recta, para encarar los montículos que se levantaban ante sus ojos. Tal como les habían ordenado, se iban separando individualmente en forma de abanico para no formar grupos que fueran blancos fáciles. A la postre, habían recorrido casi la mitad de la vasta planicie y no se había escuchado ni un disparo.

Pronto lo entendieron. Lo que ellos creían que era sinónimo del efecto sorpresa del ataque no era otra cosa que la tensa espera de los ocupantes de Los Cabezos, que esperaban pacientemente a que los atacantes entraran dentro del radio de alcance de su armamento para iniciar la lluvia de fuego. Además, la niebla no permitía que los vigilantes de la llanura, desde las elevadas posiciones, vieran más allá de un kilómetro y su estado de alerta era relativo, puesto que no esperaban que el ataque se hubiera avanzado a aquella mañana. Los republicanos ignoraban que uno de los frutos de la información filtrada por el desertor a los sublevados había sido poner en marcha un frenético movimiento nocturno de buena parte de las baterías que equipaban el Cabezo Alto. Unas armas que apuntaban hasta aquella misma noche en direcciones opuestas, algunas en dirección sur y otras hacia el pueblo de Alba y la carretera nacional.

Pese al esfuerzo de los soldados y al movimiento trepidante que se había producido durante aquella noche, a los rebeldes todavía les quedaban más de la mitad de las armas pesadas por sacar de los refugios. Como la información que les había pasado el desertor contenía la estrategia inicial de atacar el día 26, en sus planes estaba acabar el trabajo la siguiente noche.

Continuaba el lento progreso de la tropa por la planicie cuando la primera sorpresa llegó del cielo. Un ruidoso aparato delataba su presencia con el estruendo de sus motores antes de que nadie llegara a verlo. El enturbiamiento de la atmósfera hacía prever que no les sería posible utilizar la aviación aquel día —al menos eso les habían asegurado los oficiales—, pero, en definitiva, del cielo venía una fuerza con la que no contaban.

Estirados cuerpo a tierra, con las armas bien asidas, las miradas escudriñaban el cielo blanquecino y turbio buscando el maldito aparato, adivinando por breves instantes su silueta difusa que evolucionaba rodeando la llanura, ora alejándose hacia Los Cabezos, ora sobrevolando Sierra Palomera. A todos aquellos espectadores les pareció evidente que se trataba de un vuelo de reconocimiento. Y tal era la magnitud del espesor de la niebla, que también pensaron que de aquel vuelo poca sería la información que se obtendría.

Sin embargo, la maldita meteorología se les ponía de nuevo en contra, abriendo por unos instantes una rendija entre las nubes por encima de la sierra. El momento fue diligentemente aprovechado por el piloto para lanzar su mortífera carga sobre un enclave muy concreto. A pesar de que no se veía un pedo, los hombres al ataque, todos ellos girados hacia la sierra en aquel momento, identificaron perfectamente aquel preciso lugar, donde bien oculto bajo un perfecto escondrijo de sacos, troncos y hierbas estaba instalado su observatorio principal.

Los de abajo, impresionados por la precisión del breve ataque, que evidentemente había sido marcado con todo lujo de detalles, imaginaron cuál podría haber sido la suerte de los hombres que dirigían su maniobra. No tuvieron muchos segundos para cavilar. El piloto, de nuevo inmerso dentro de la gris niebla, calculaba mal las distancias y se estrellaba de forma espectacular contra una de las paredes de Sierra Palomera, solo unos metros más al norte del lugar que había bombardeado momentos antes. La explosión fue incluso más potente que la de la anterior bomba y fue seguida de varias deflagraciones más. En mitad de la niebla, las llamas se volvían fantasmagóricas y emitían un rumor sordo, como de tormenta.

Para tormenta, la que les había caído encima a los del observatorio. Desde su atalaya, entendieron tan solo unos segundos antes del ataque aéreo que habían sido descubiertos. Al caer la bomba, ya estaban todos agachados en el fondo del refugio, siguiendo las órdenes que berreaba Artís. Esto salvó la vida a varios de los ocupantes de la defensa, como Florenci, que, a pesar de quedar cubiertos por la arena procedente de los sacos que habían reventado con la explosión, consiguieron salir casi ilesos de la potente detonación.

La segunda y todavía más potente explosión, que vino inmediatamente después, no la oyeron ni sintieron los ocupantes del refugio, inmersos en un mar de tierra, maderas y otros elementos de su observatorio que los pretendían sepultar. Se perdieron el espectáculo del bombardero estrellándose a menos de quinientos metros de ellos.

Quien no se lo perdió fue Sorribas. Refugiado dentro de una de las trincheras, con su pie acabado de vendar, no había apartado hasta aquel momento la vista del frente, intentando atisbar sin éxito la evolución de sus compañeros por la llanura. La imagen del aparato chocando con la montaña fue lo último que vio. El holgazán del clan de los zapadores recibía directo en la cabeza el impacto de algún objeto proveniente de la onda expansiva del gran petardo y moría antes de que ninguno de sus compañeros de abajo hubiera disparado un solo tiro.

La espectacularidad de las imágenes había espoleado a Federico y sus compañeros, que se levantaron del suelo y continuaron su marcha, directos hacia los montículos que eran su objetivo. No necesitaron mucho rato más para poder distinguir claramente ante sus ojos la silueta de Los Cabezos. La misión estaba resultando de lo más fácil. Los atacantes ya tomaban posiciones entre a uno y dos kilómetros de los cerros.

A partir de aquel momento, sintieron que ponían los pies en el infierno. Igual que ellos habían tomado contacto visual con los cerros, los de arriba entendieron que el ataque que esperaban se había avanzado un día y que tenían a los atacantes justo delante. El fuego fue intenso. A las ráfagas de ametralladora media, algunas de ellas con alcances de hasta dos kilómetros, se añadió abundante fuego de mortero, que iba convirtiendo la llanura en una especie de superficie lunar llena de cráteres humeantes.

Los republicanos contaban con el elemento sorpresa que les había dado el adelanto del ataque, pero la respuesta que estaban recibiendo desde Los Cabezos estaba siendo contundente. En medio del humo y el polvo, Federico divisaba por delante algunos de sus compañeros, que ya serpenteaban hacia arriba por las vertientes e intentaban llegar al enfrentamiento directo, donde tendrían las de ganar.

La sensación de dominar la situación se iba afianzando a medida que algunas de las ametralladoras que barrían la llanura desde arriba iban enmudeciendo, evidentemente al quedarse sin munición después de batir a derecha e izquierda con nula visibilidad. Se cumplían las previsiones de los mandos de que la meteorología no permitiría apoyo aéreo, al menos aquel día. Pero las explosiones persistían y a ratos se intensificaban.

Federico continuaba afanándose, inmerso en aquel paisaje lunar donde se formaban enormes baches tras cada explosión. Había visto a varios de sus camaradas salir volando rodeados de tierra, abatidos por alguna de aquellas granadas, que a veces los desplazaba metros, otras los hacía volar a considerable altura y en algunas aún más desagradables los hacía añicos al tocarlos de lleno.

Aquellos calientes cráteres estaban sirviendo como trincheras para los soldados que iban avanzando. Federico reptaba de uno a otro, progresando con precaución, aprovechando que cada explosión les daba un plus de invisibilidad. Acababa de saltar dentro de uno de aquellos agujeros cuando resultó premiado en aquel macabro sorteo: el ruido fue ensordecedor, un gran brillo le cegó y percibió una fuerte quemazón por todo el cuerpo. Lo habían alcanzado e inmediatamente se dio cuenta de que era grave.

Sin poder abrir los ojos, volvió a sentir las sensaciones que había vivido aquel día en el que un avión atacante se había estrellado a pocos metros de él. Como en aquella ocasión, el tiempo volvía a ralentizarse y el fragor de la batalla se alejaba, persistiendo una especie de rumor sordo que llegaba de lejos.

Continuaba en aquel escenario, pero se convertía en un espectador de última fila que casi no oía la función. Con la mano derecha intentó quitarse el polvo de los ojos y finalmente logró entreabrirlos. Lo que pudo ver no resultaba nada reconfortante. Aquella mano que le respondía estaba cubierta de sangre. Sangre por allí donde miraba. Sangre propia proveniente de su flanco izquierdo, que era incapaz de mover. La visión de aquel lado también se había oscurecido. Aun así, no sentía ningún dolor. La fuerza de la deflagración le había anestesiado totalmente los sentidos.

Buscaba algo compulsivamente dentro de uno de sus bolsillos. Sacó la foto de Tereseta y la pequeña Conxita. Mientras tanto, sus pensamientos viajaron en avión, en cohete, en el medio más veloz que se pudiera imaginar...

Instantáneamente, mientras su cuerpo seguía en Singra, su espíritu ya estaba en Jorba, en su pueblo, con Tereseta y la pequeña Conxita. Las miraba con aprecio, mimaba sus rostros y les dedicaba palabras de amor, sujetando ante él la fotografía que le habían enviado meses atrás.

La luz se fue desvaneciendo. Aquella bonita imagen que inspiraba su existencia y que le había dado esperanza todo aquel tiempo se iba desdibujando y oscureciendo. Mientras perdía la consciencia, su último gesto fue estrechar muy fuerte aquella foto, como si se tratara de un abrazo, antes de que se hiciera de noche para siempre.

Singra, 25 de enero de 1938.

EPÍLOGO

Tal vez un día...

La mujer continúa de pie frente al nicho. Ha acabado de explicar a sus ocupantes los hallazgos de esta investigación.

¡Ahí es nada, los datos que hemos llegado a conocer del periplo del abuelo! Sin embargo, ha sido una búsqueda incompleta. Quizás un día, en aquella inmensa llanura ante el pueblo de Singra, se encuentre una fosa y vuestro padre y marido pueda descansar a vuestro lado, en Jorba, en el pueblo que nunca se le debería haber forzado a abandonar.

Recoge la bolsa con los enseres de limpieza del suelo y anda lentamente hacia la salida. Cierra la puerta del cementerio detrás suyo.

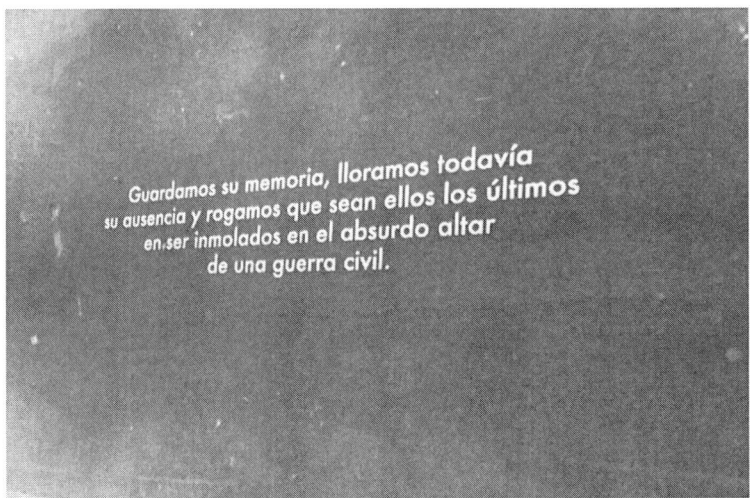

Guardamos su memoria, lloramos todavía su ausencia y rogamos que sean ellos los últimos en.ser inmolados en el absurdo altar de una guerra civil.

(del Centro de interpretación de la Batalla de Alfambra)

NOTAS

1.   La Batalla de Singra

Episodio bélico de la guerra civil española ocurrido a finales de enero de 1938. El asalto por parte republicana de las posiciones que los franquistas tenían en Singra fue un episodio de la estrategia de desgaste iniciada después de la conquista de la ciudad de Teruel.

El general Varela estaba atacando desde el 17 enero de 1938 las posiciones más avanzadas de los republicanos en Concud y San Blas, intentando recuperar la ciudad de Teruel, y los republicanos contraatacaron desde el Campo de Visiedo, con la intención de cortar las comunicaciones del valle del Jiloca y dejar aisladas a las tropas de Varela.

Los ataques a las posiciones de Singra se iniciaron el 25 de enero y duraron hasta el 30 del mismo mes. Por parte de los sublevados, la principal fortificación se encontraba en las trincheras de «la Paridera de Allueva» (Singra), protegida por un batallón. También en las fortificaciones de Torrelacárcel, aunque en las proximidades estaban de reserva cuatro escuadrones de caballería y uno de ametralladoras. Por el lado republicano encontramos a la 27.ª División, compuesta por tres brigadas y reforzada por doce carros y cinco baterías. No pudieron sorprender a los sublevados porque la noche del 24 un médico de la división se pasó al enemigo y alertó del ataque.

En el ejército republicano participó Avel·li Artís-Gener, quien se consagró posteriormente en el mundo de la literatura. El ataque de Singra fue narrado en su autobiografía, titulada *Vivir y ver* (editorial Pórtico), y descrito como uno de los episodios que más marcaron su vida, porque murieron casi todos sus compañeros.

Los republicanos consiguieron tomar la localidad de Singra y la primera línea de trincheras, llegando a cortar la carretera Teruel-Zaragoza, pero las tropas no pudieron llegar hasta la vía del ferrocarril porque fueron parcialmente frenadas gracias, sobre todo, al ataque masivo de la aviación y al contraataque de un escuadrón de caballería y de tres carros. El día 29, último de la ofensiva republicana, los grupos de aviones rebeldes, marca Fiat 2-G-3 y 3-G-3, lograron inutilizar a seis tanques republicanos.

Aranda y Varela estuvieron a punto de quedar aislados de la retaguardia, pero consiguieron recuperar las posiciones en Singra tras recibir refuerzos desde Villafranca y Monreal del Campo. El 29 de enero, los republicanos se retiraron hacia sus posiciones iniciales. El ataque había sido rechazado y la 27.ª División, después de sufrir entre 900 y 2000 bajas (los datos son contradictorios), había quedado inoperativa.

El asalto a las posiciones de Singra hizo que Franco cuestionara la contraofensiva frontal para recuperar la ciudad de Teruel siguiendo el valle del Jiloca. Las tropas republicanas en Campo de Visiedo constituían todo un peligro, por lo cual se optó por rodear y atacar a los republicanos en el frente abierto entre la Venta del Diablo y Sierra Palomera. Se iniciaba la batalla del Alfambra, como enfrentamiento previo a la recuperación de la ciudad de Teruel.

(Fuente: Wiquipedia)

2.   Sierra Palomera

Sierra Palomera es una alineación montañosa que parece haberse originado después del proceso de hundimiento que conformó la fosa tectónica Teruel–Calatayud. En realidad, constituye su flanco derecho en el tramo comprendido entre Monreal del Campo y Teruel. Esta sierra separa la meseta del Campo de Visiedo, colgado entre los valles del Alfambra y del Jiloca, y la amplia cabecera de este último valle. Dominan el terreno los ecosistemas de carrascales y los cortados de mola calcárea. Desde la cumbre, se dispone de una magnífica panorámica de las comarcas del sur de Aragón. Hacia el oeste, los pueblos del valle del Jiloca, la montaña de San Ginés, cumbre de sierra Menera, y la prolongación de esta hacia los Montes Universales y la sierra de Albarracín; hacia el este, la meseta del Campo de Visiedo, que oculta el valle del Alfambra y la sierra del Pobo, y hacia el Sur, las murallas de las sierras de Javalambre y su prolongación hacia las de Gúdar. Desde este emplazamiento se iniciaron los ataques en la batalla de Singra.

(Fuente: Turismo de Teruel)

3. Florenci Ollé

Florenci Ollé Orilla (Vallbona d'Anoia, 1910 - Barcelona, 1995). Estudió magisterio. Maestro vocacional, arraigado en Vallbona desde sus inicios, impartió clases en la academia Muntaner, en el grupo escolar Oasis, en la Escuela Nacional de Niños de Collblanc y también en la escuela Maristas de Badalona. Fue llamado al frente con la quinta de 1931. Gracias a ser maestro, fue destinado a trabajos organizativos y a otras tareas relacionadas, como, por ejemplo, hacer las fichas de los heridos.

Con gran sensibilidad, capacidad de observación y una narrativa de personalidad, escribió unas memorias bélicas que muestran una visión muy significativa de la vida cotidiana en primera línea del frente. Estas memorias de guerra son una crónica muy nítida de todo lo que significó la guerra para aquellos jóvenes, con la visión realista de quien escribe fiel al ideal de la verdad. Sobresale en el predominio de lo que se ve y de lo que se ha vivido; es el gran mérito de este escrito que se acaba dos años después, en febrero de 1939, después de llegar a Francia. Hay mucha historia personal, pero también de todo un colectivo, con los hechos más relevantes de nuestro país en tiempo de la Guerra Civil. Estas memorias fueron publicadas en 2019 en el libro «*123 Brigada Mixta. memòries d'un mestre*».

4. La Fàbrica dels Panyos

Cal Miranda, también conocida como la Fàbrica dels Panyos, es un edificio del municipio de Manresa (Bages) declarado bien cultural de interés nacional. La sociedad sedera Pau Miralda y Compañía la construyó en 1826 junto al río Cardener, a su paso por Manresa, unos centenares de metros río abajo del puente Nuevo. Su construcción supuso el inicio de la revolución industrial en Manresa. Es la fábrica más antigua de Cataluña y de España que se ha conservado con sus características originales. La fábrica se convirtió en cuartel y centro de formación de milicianos durante la guerra civil española. Después de 150 años de actividad, la fábrica cerró las puertas definitivamente en 1976.

(Fuentes: Wiquipedia; *Historias Manresanas,* Jordi Bonvehí)

5. 123.ª Brigada Mixta

En mayo de 1937 se formó la 123.ª Brigada Mixta con el 2.º Regimiento de la División Carlos Marx, denominada 27.ª, del XXI Cuerpo de Ejército, a la cual fue adjudicada. Su jefe fue el comandante de infantería Enrique Oubiña Fernández-Cid, que había sido capitán del Batallón de Montaña Madrid n.º 5 de la guarnición de la Seu d'Urgell. El Jefe de Estado Mayor era el capitán de infantería Silverio Gallego Salvador, que el 18 de julio de 1936 era teniente del Regimiento Alcántara n.º 14 de Barcelona; el comisario era Francesco Scotti. La 123.ª Brigada Mixta tenía una alta proporción de extranjeros en sus filas, reclutados entre los participantes en la Olimpiada Popular de Barcelona. Participó en la ofensiva sobre Huesca en junio de 1937 y el 11 de agosto consiguió disolver el Consejo de Aragón en su sector.

Escogida para la batalla de Belchite y bajo el mando del mayor de milicias Ferrándiz, se integró en «la Agrupación A» e intentó ocupar Zuera, sin conseguirlo, el 28 de septiembre. Persistió infructuosamente en los intentos de llegar a Zaragoza del 9 al 11 de octubre y pasó a primera línea en el sector Ontiñena-Candasnos-Fraga.

A primeros de enero de 1938 se desplazó a Teruel como reserva en el eje Alcorisa-Calanda-Alloza y entró en combate en el sector de Singra, contribuyendo a la conquista de esta población y la del Cabezo Bajo, cortando la carretera de Villarquemado a Monreal del Campo. En la ocupación de la cota 1071 de Los Cabezos sufrió 300 bajas. El 27 de enero abandonó sus posiciones en el flanco izquierdo, frente a Torrelacárcel, para reducir la extensión del frente, e intentó asaltar, sin éxito, la cota 1079 de Los Cabezos. El 5 de febrero acudió en reserva al sector de Montalbán y recibió órdenes de sostener Cervera del Rincón, Torrecillas y otras alturas al este y sur de ellas, pero no llegó a hacerlo porque la zona ya estaba ocupada por el adversario. Tres días más tarde, entró en primera línea en Mezquita de Jarque.

En la campaña de Aragón, se situó, el 9 de marzo, en el sector de Utrillas, teniendo que retroceder ante el ataque rebelde y haciéndose fuerte en la cota 1105, pero por poco tiempo. El 24 de marzo se dirigió, con toda la 27.ª División, a la línea del Cinca para integrarse dentro del Cuerpo de Ejército de Lleida, desplegándose entre Els Alamús y Artesa de Segre. El 3 de abril, al perderse Lleida, huyó en desbandada, atravesando el Segre y estableciendo sus posiciones en el sector de Ivars d'Urgell.

En la ofensiva contra la cabeza de puente de Balaguer, el 22 de mayo, se lanzó al ataque en Sentiu de Sió y llegó hasta las primeras casas del pueblo, pero sus miembros fueron finalmente rechazados.

A las órdenes del mayor de milicias Celestino Uriarte Bedia, un veterano del norte, y con Alejandro Bustillo como comisario, acudió a la batalla del Ebro. El 6 de agosto atravesó el río para relevar a las fuerzas de la 35.ª División frente a Corbera, cubriendo el triángulo Villalba-Corbera-Vértice Gaeta. El 13 de agosto lanzó un infructuoso ataque contra Gandesa y se replegó a la Venta de Camposines el 3 de septiembre. Su 491.º Batallón defendía la cota 402, que cambió tres veces de manos. En esos combates, la 123.ª Brigada Mixta tuvo un 50% de bajas. Murió su comisario, Bustillo, y resultó herido Uriarte. Se replegó a los contrafuertes de las sierras del Valle de la Torre y Cavalls, pero durante la madrugada del

14 de septiembre pasó de nuevo el río con sus malparados restos para reorganizarse. Su desgaste era tan grande que no fue posible recuperar la 123.ª Brigada Mixta para la batalla de Cataluña.

6.   Avel·lí Artís-Gener

Avel·lí Artís-Gener (Barcelona, 28 de mayo de 1912 - 7 de mayo de 2000) fue un periodista, escritor, caricaturista, escenógrafo, enigmista, director artístico de publicidad y corrector español. Utilizaba el pseudónimo Tísner o bien sus dos apellidos juntos, Artís-Gener.

En el año 1936, junto con Pere Calders, se convirtió en director del semanario humorístico L'Esquella de la Torratxa.

Al poco de empezar la Guerra Civil, se alistó voluntariamente en el Ejército Popular, donde llegó a tener el grado de teniente coronel. Dirigió las publicaciones destinadas a los combatientes Meridiano, Amigo y Vencer. Artís-Gener pasó toda la guerra luchando en los frentes de Aragón, del Segre y del Ebro encuadrado dentro de la 27.ª División del Ejército Popular de la República. En 1945 escribió su novela *556 Brigada Mixta*, donde narra la transformación de las milicias de primeras horas de enfrentamientos en un ejército regular. El libro sufrió el efecto de las tijeras de la censura en su primera edición y la versión completa solo pudo ver la luz una vez finalizada la dictadura. En ella, narra la batalla de Singra como el hecho que más le marcó de la guerra por el elevado número de bajas que su división sufrió.

7.   Las Jornadas de Mayo

Las Jornadas de Mayo de 1937 hacen referencia al conjunto de enfrentamientos acontecidos entre los días 3 y 7, que implicaron a sectores divergentes del bando republicano en el marco de la Guerra Civil y que tuvieron como escenario principal la ciudad de Barcelona.

Los acontecimientos, iniciados con la ocupación del edificio de Telefónica por parte de las fuerzas de orden público de la Generalitat, derivaron en un enfrentamiento sangriento que tuvo como protagonistas a las organizaciones de la CNT-FAI y el POUM, por un lado, y el PSUC, ERC y los cuerpos de seguridad de la Generalitat, del otro. Las consecuencias de este choque comportaron la liquidación del proceso revolucionario iniciado en julio de 1936, la pérdida de peso político, social y militar de las fuerzas revolucionarias, la persecución de sus dirigentes y una pérdida de competencias de la Generalitat recuperadas por el gobierno de la República, especialmente en asuntos de orden público.

(Fuente: Archivo Nacional de Cataluña)

8.   El cuartel General Ricardos

Situado en Barbastro, la historia del cuartel General Ricardos empieza el 16 de enero de 1921, cuando se coloca la primera piedra. Las obras finalizaron en 1928.

La primera unidad militar que lo ocupó fue el Regimiento 10 de Artillería Ligera y la última, antes de su cierre durante 1996, el Regimiento de Cazadores de Alta Montaña «Valladolid 65».

Momento crucial en su historia fue el golpe de estado de 1936. Después de unos días de incertidumbre, el coronel Villalba posicionaba el cuartel a favor del orden constitucional y Barbastro se convirtió en la capital oriental de la provincia republicana.

Durante la posguerra, la presencia del maquis motivó que en Barbastro hubiera tres batallones que casi no cabían dentro del cuartel. Posteriormente, quedó con un regimiento con un solo batallón.

Se trata de un monumental edificio que albergó durante su época de esplendor a más de 2000 hombres. Acabó su vida militar en 1996 y sucumbió en julio de 2009, víctima de la piqueta demoledora.

(Fuente: rondasomontano.com)

9. Los zapadores

Al empezar la guerra, el Ejército Popular contaba con unos batallones denominados «de zapadores», incluidos en cada división de infantería. Ante la urgencia de construir fortificaciones y otras obras de ataque y defensa, se crearon los «batallones móviles de zapadores» bajo estas órdenes:

«Ante la imposibilidad material de construir con rapidez y con la urgencia que demandan las actuales circunstancias grandes obras de fortificación inmediatas a las primeras líneas de combate que sirvan de contención al avance enemigo, la misión especial del Batallón Móvil de Fortificaciones (Zapadores-Minadores) será la construcción rápida, en aquellos lugares inmediatos al frente de combate y en los que se conquisten al enemigo, de pequeñas fortificaciones, parapetos, etc., debidamente camuflados, capaces para una, dos, tres unidades y desde los cuales puedan contenerse los ataques facciosos y dar tiempo con esta medida al restablecimiento de la resistencia organizada.

Por la facilidad de construcción de estas defensas, los efectivos de este Batallón Móvil de Fortificaciones (Zapadores-Minadores) estarán dotados de gran movilidad y capacidad de trabajo, pudiendo desarrollar sus actividades en todos aquellos lugares donde el Alto

Mando crea oportuno. La obra realizada por este batallón será de ayuda y complementaria de los batallones y fuerzas de fortificación de línea, viniendo a ser como las avanzadas rápidas de estos, que por su impedimenta y organización están faltos de esta rapidez tan necesaria en estos momentos.»

La urgencia de la situación provocó que cada división denominase zapadores a pequeños grupos de albañiles que se podían trasladar de forma ágil a las posiciones donde fuera necesaria su intervención.

(Fuente: Grupo de investigación de espacios de la Guerra Civil)

10.   La Ley de Colectivización

El 23 de febrero de 1937, el entonces ministro de Industria, el cenetista Joan Peiró, promulgó un decreto que otorgaba poderes al Estado para intervenir y confiscar pequeñas y grandes empresas; estas últimas las gestionaba directamente el gobierno central, que se hizo cargo de las principales. Lo que empezó siendo un control solo sobre las empresas, se trasladó meses más tarde a los campesinos y a los domicilios particulares, que se vieron obligados a ceder dos terceras partes de sus reservas de provisiones a los miembros del ejército que se lo solicitaran, lo que creó un gran velo de desconfianza entre paisanos y militares, que a menudo abusaban de su poder.

11.   El Hospital Inglés

Situado en el pueblo de Grañén (Huesca), fue el primer hospital de guerra creado por la SMAC (Spanish Medical Aid Committee) en la España republicana. Fue instalado en septiembre de 1936 en la citada localidad de Huesca y dio servicio hasta su destrucción por un bombardeo a finales de 1937.

(Fuente: *El hospital inglés de Grañén* de Jesús y Pablo Castiella)

12.   Pancho Villa y el Comité de Grañén

Pasada la resistencia a la sublevación, la comarca quedó en manos del llamado Comité de Grañén. El Comité Revolucionario de Grañén fue constituido por componentes de la CNT y de UGT. Al líder del comité se le llamaba despectivamente Pancho Villa, por el líder mexicano. Francisco Logroño, un integrante del comité, testificó que «funcionó un comité integrado por Mariano Pinos, como presidente, Castera y un hermano, Agapito y un hermano». En definitiva, todo controlado por una sola casta.

13. Columna Carlos Marx

La Columna Carlos Marx fue una unidad de milicias que operó a comienzos de la guerra civil española. En febrero de 1937 fue reconvertida en una división dentro del teórico «Ejército de Cataluña», aunque continuó manteniendo su autonomía y estructura miliciana. El PSUC y la UGT no apoyaban la iniciativa del ejército catalán y secundaban que las milicias de Cataluña y del Frente de Aragón adoptaran la estructura del Ejército Popular de la República. A comienzos de marzo de 1937, las fuerzas de la división Carlos Marx ascendían a 8373 hombres. En abril de 1937 fue definitivamente militarizada e integrada dentro de la estructura del Ejército Popular de la República, siendo reconvertida en 27.ª División, integrada por las 122.ª, 123.ª y 124.ª brigadas mixtas.

(Fuente: Wiquipedia)

14. Alec Wainman

Alec Wainman (1913-1989) nació en Gran Bretaña y estudió en Oxford. Persiguiendo el sueño de una España libre y democrática, Wainman optó por defender la libertad sirviendo como voluntario humanitario. Fue conductor de ambulancia y después intérprete y oficial de prensa en la Guerra Civil. A comienzos de la guerra civil española, en 1936, fue a España como intérprete del bando republicano y se apuntó como conductor de ambulancia en la Unidad Médica Británica. Esto le permitió satisfacer su pasión por la fotografía y capturar fotos de la vida en la retaguardia republicana. Sufriendo de hepatitis, volvió a Gran Bretaña en 1938. Al final de la guerra ayudó a sacar a refugiados españoles de los campos de concentración franceses y a llevarlos a Inglaterra.

(Fuente: Museo de Historia de Cataluña)

15. Los DECAS

España sería uno de los países que más tardaría en darse cuenta de cuánto había cambiado el mundo desde la Primera Guerra Mundial, un conflicto que sirvió de marco para el nacimiento de la guerra moderna y en el cual, de la mano de la mecanización, el surgimiento de la aviación como instrumento ofensivo fue el que más profundo impacto causó en el curso de las contiendas.

No fue hasta 1935 cuando se publicó el primer decreto orientado a dotar a España de un orden de protección civil antiaéreo que no solo pecaría de imperfecto, sino que ni siquiera llegaría a tener ningún efecto práctico de manera previa al golpe de estado de 1936. Así, habría que esperar hasta 1937 para que las autoridades republicanas consiguieran acabar con el caos generalizado en el que había quedado inmerso el país a consecuencia del estallido de la guerra, un impulso positivo que trataría de ser aprovechado por la construcción del Ejército Popular y que, entre otros, tendría fruto con la aparición de la Defensa Especial Contra Aeronaves (DECA), un organismo inicialmente dependiente del Arma de Aviación que se situaría al mando de la actuación antiaérea.

(Fuente: Revista Universitaria de Historia Militar)

16.   La batalla de Teruel

La batalla de Teruel fue el conjunto de operaciones militares que, durante la guerra civil española, tuvieron lugar entre mediados de diciembre de 1937 y febrero de 1938 en la ciudad de Teruel y sus alrededores. El mando republicano intentaba frenar el avance hacia Madrid preparado para el 18 de diciembre con una maniobra de distracción, aparte de conquistar una plaza emblemática para los sublevados. Los republicanos atacaron Teruel en medio de una gran nevada el 15 de diciembre de 1937, sin preparación artillera o aérea previa. El día 23, Francisco Franco decidió enviar refuerzos a Teruel, convencido de que políticamente no era conveniente que una capital de provincia pudiera caer en manos republicanas y determinado a no hacer ninguna concesión al enemigo. Franco había apenas iniciado una gran ofensiva sobre Guadalajara y para apoyar a Teruel tuvo que abandonarla, exactamente lo que pretendían sus adversarios. El 21 de diciembre, las fuerzas republicanas entraban en la ciudad. El asedio continuó durante semanas, con lucha cuerpo a cuerpo y edificio por edificio, provocando grandes pérdidas humanas en ambas partes. Los republicanos castigaban intensamente los edificios con la artillería y después los asaltaban con las bayonetas.

Los últimos bastiones franquistas se rindieron entre el 7 y el 8 de enero de 1938. Las tropas republicanas pasaron a la defensiva, frente a la intensa contraofensiva de los ejércitos franquistas. Rendida Teruel, las tropas franquistas lanzaron un contraataque por el norte, hacia el Alto de Celadas y el Muletón, que dominan el valle del río Alfambra. El día 17 de enero, los sublevados rompieron las líneas republicanas e intentaron impedir la circulación por la carretera de Alcañiz, en medio de una serie de tenaces combates aéreos.

Sin embargo, ese mismo día se estancó la ofensiva de los golpistas a causa del clima extremadamente frío, que impedía movilizar más tropas al montañoso terreno de la provincia de Teruel. Los mandos sublevados aprovecharon el descanso para establecer su plan de ataque, con el fin de romper la resistencia republicana y rodear decisivamente la ciudad de Teruel por el norte. En el mes de febrero, los franquistas desbordaron los flancos republicanos y los derrotaron en la zona del Alfambra, enfrentamiento que supuso una gran pérdida para el Ejército Popular. En esta ofensiva, los rebeldes necesitaron solo cuatro días para derrotar a las fuerzas republicanas, al encontrar ante sí un adversario desgastado e incapaz de reorganizarse, que había dejado prácticamente desprotegido el Campo de Visiedo. Después de esto, el camino estaba abierto y el 22 de febrero la ciudad de Teruel volvió a estar en manos de Franco. Aunque las operaciones constituyeron un grave desgaste para ambos ejércitos, fueron especialmente duras para los republicanos, que acabaron menguados y bastante desarmados. Se considera que estos enfrentamientos fueron los últimos en la historia donde la caballería, como unidad de combate, resultó un factor decisivo y exitoso.

(Fuente: *La batalla de Teruel, guerra total en España*, David Alegre Lorenz)

17.   Comarca del Jiloca

El marco geográfico de las poblaciones que forman la comarca del Jiloca condicionó particularmente la disposición de los frentes de los dos ejércitos en esta zona. La depresión del río Jiloca sirvió como eje, en torno al cual se dispusieron ambos bandos. El valle, que discurre en dirección sur-norte encajonado entre sierras (Menera, Cucalón, Lidón y Palomera), es la vía natural de comunicación entre Teruel y Zaragoza. La carretera que discurría por esta vía pronto fue controlada por los sublevados, siendo un constante objetivo para las fuerzas republicanas, que tomaron posiciones en las sierras que limitaban al este, especialmente Sierra Palomera.

Calamocha y su comarca fueron un importante centro de reclutamiento, organización y conexión con Zaragoza, principalmente en los primeros meses de guerra. El aeródromo de Calamocha fue una valiosa sede para las operaciones de la Legión Cóndor, operada por los alemanes, junto con el de Bello, donde fueron desplegados los aviadores italianos de la AL.

(Fuente: jiloca.es)

18.   El invierno de 1937

Alrededor de la Navidad de 1937, la presencia de aire polar sobre España fue mucho más persistente de lo habitual, lo que provocó que en ese invierno las singularidades del clima de esta provincia aragonesa se aliaran con las carencias propias del frente (hambre, desnutrición, falta de indumentaria de abrigo y pernoctas a la intemperie), causando entre las tropas efectos tanto o más desastrosos como los de los propios combates.

Tanto fue así que, entre el 15 de diciembre de 1937 y el 22 de febrero de 1938, las fechas en las cuales se desarrolló la batalla de Teruel, más de 15000 combatientes de los dos ejércitos sufrieron congelaciones, que provocaron la muerte de muchos de ellos y amputaciones de miembros (pies, fundamentalmente) al resto. A causa de estas condiciones, varios autores refieren la batalla de Teruel como «el Stalingrado español».

(Fuente: AEMET)